本色文丛·柳鸣九 主编

蛇仙驾到

——徐坤散文精选

徐 坤/著

海天出版社（中国·深圳）

图书在版编目（CIP）数据

蛇仙驾到：徐坤散文精选 / 徐坤著. 深圳：海天出版社，2017.7

（本色文丛）

ISBN 978-7-5507-2010-7

Ⅰ.①蛇… Ⅱ.①徐… Ⅲ.①散文集－中国－当代 Ⅳ.①I267

中国版本图书馆CIP数据核字（2017）第120888号

蛇仙驾到
SHEXIANJIADAO

深圳出版发行集团
海天出版社

出 品 人	聂雄前
责任编辑	林星海
责任技编	蔡梅琴
装帧设计	深圳斯迈德设计 0755-83144228

出版发行	海天出版社
地　　址	深圳市彩田南路海天大厦（518033）
网　　址	www.htph.com.cn
订购电话	0755-83460397（批发）　0755-83460397（邮购）
印　　刷	深圳市新联美术印刷有限公司
开　　本	787mm×1092mm　1/32
印　　张	7.375
字　　数	120千
版　　次	2017年7月第1版
印　　次	2017年7月第1次
定　　价	32.00元

海天版图书版权所有，侵权必究。
海天版图书凡有印装质量问题，请随时向承印厂调换。

徐坤,作家。《人民文学》杂志副主编,北京作家协会副主席,中国社会科学院文学博士,中国作家协会全国委员会委员,北京市政协委员,享受国务院政府特殊津贴专家。

曾获鲁迅文学奖、中宣部"五个一工程"优秀图书奖、香港《亚洲周刊》"中文十大好书"等奖项30余次。代表作有小说《白话》《先锋》《厨房》《狗日的足球》《午夜广场最后的探戈》《八月狂想曲》《春天的二十二个夜晚》等。话剧《青狐》改编自王蒙同名长篇小说,话剧《性情男女》2006年由北京人民艺术剧院上演。部分作品被翻译成英、德、法、俄、西班牙、日等语种出版。

总序：学者散文漫议

◎ 柳鸣九

"本色文丛"现已出版三辑，共二十四种书，在不远的将来，将出齐五辑共四十种书。作为一个散文随笔文化项目，已经达到了一定的规模，也大致上形成了自己的特色：一是以"有作家文笔的学者"与"有学者底蕴的作家"为邀约对象，而由于我个人的局限性，似乎又以"有作家文笔的学者"为数更多；二是力图弘扬知性散文、文化散文、学识散文，这几者似乎可统称为"学者散文"。

前一个特点，完全可以成立，不在话下，你们邀哪些人相聚，以文会友，这是你们自家的事，你们完全可以采取任何的称呼，只要言之有据即可。何况，看起来的确似乎是那么回事。

但关于第二个特点，提出"学者散文"这个概念本身就是易于带来若干复杂性的问题，要说明清楚本就不容易，要论证确切更为麻烦，而且说不定还会有若干纠缠需要澄清。所有这些，就不是你们自己的事，而是大家关心的事了。

在这里，首先就有一个定义与正名的问题：究竟何谓"学者散文"？在局外人看来，从最简单化的字面上的含义来说，"学者散文"大概就是学者写的散文吧，而不是生活中被称为"作家"的那些爬格子者、敲键盘者所写的散文。

然而实际上，在散文这个广大无垠的疆土上活动着的人，主要还是被称为作家的这一个写作群体，而不是学者。再一个明显的实际情况就是，在当代中国散文的疆域里，铺天盖地、遍野开花的毕竟是作家这一个写作者群体所写的散文。

那么，把涓涓细流的"学者散文"汇入这个主流，统称为散文不就得了嘛，何必另立旗号？难道你还奢望喧宾夺主不成？进一步说，既然提出了"学者散文"之谓，那么，写作者主流群体所写的散文究竟又叫什么散文呢？虽然在中外古典文学史中，甚至在20世纪前50年的中国文学界中，写散文的作家，大多数都同时兼为学者、学问家，或至少具有学者、学问家的素质与底蕴。只是在近半个多世纪以来的中国文学界中，同一个人身上作家身份与学者身份互相剥离，作家技艺与学者底蕴不同在、不共存的这种倾向才越来越明显。我们注意到这种现实，我们尊重这种现实，那么，且把近半个多世纪以来由纯粹的作家（即非复合型的写作者）创作的遍地开花的散文作品，称为"艺术散文"，可乎？

似乎这样还说得过去，因为，纯粹意义上的作家，都是致力于创作的，而创作的核心就是一个"艺"字。因此，纯粹意义上的作家，就是以艺术创作为业的人，而不是以"学"为业的人，把他们的散文称为艺术散文，既是一种应该，也是一种尊重。

话不妨说回去，在我的概念中，"学者散文"一词其实是从写作者的素质与条件这个意义而言的。"素质与条件"，简而言之，就是具有学养底蕴、学识功底。凡是具有这种特点、条件的人，所写出的具有知性价值、文化品位与学识功底的散文，皆可称"学者散文"。并非强调写作者具有什么样的身份，在什么领域中活动，从事哪个职业行当，供职于哪个部门……

以上说的都是外围性的问题，对于外围性的问题，事情再复杂，似乎还是说得清楚的，但要往问题的内核再深入一步，对学者散文做进一步的说明，似乎就比较难了。具体来说，究竟何为"学者散文"？"学者散文"究竟具有什么特点？持着什么文化态度？表现出什么风格姿态？敝人既然闯入了这个文艺白虎堂，而且受托张罗"本色文丛"这个门面，那也就只好硬着头皮，提供若干思索，以就教于文坛名士才俊、鸿儒大家了。

说到为文构章，我想起了卞之琳先生的一句精彩评语，那时我刚调进外文所，作为他的助手，我有机会听到卞公对文章进行评议时的高论妙语。有一次他谈到一位年轻笔者的时候，用幽默调侃的语言评价说："他很善于表达，可惜没什么可表达的。"说话风趣幽默，针砭入木三分。不论此评语是否完全准确，但他短短一语毕竟道出了为文成章的两大真谛：一是要有可供表达、值得表达的内容，二是要有善于表达的文笔。两者缺一不可，如果两者具备，定是珠联璧合的佳作。这个道理，看起来很简单、很朴素，甚至看起来算不上什么道理，但的的确确可谓为文成章的"普世真理"、当然之道。对散文写作，亦不例外。

就这两个方面来说，有不同素养的人、有不同优势与长处的人，各自在不同的方面肯定是有不同表现的，所出的文字，自然会有不同的特点与风格。一般来说，艺术创作型的写作者，即一般所谓的作家，在如何表达方面无一不具有一定的实力与较熟练的技巧。且不说小说、诗歌与戏剧，只以散文随笔而言，这一类型的写作者，在语言方面，其词汇量也更多更大，甚至还能进而追求某种语境、某种色彩、某种意味；在谋篇布局方面，烘托铺垫、起承转合、舒展伸延、跌宕起伏、统筹安排、井然有序。所有这些，在中华文章之道中本有悠久传统、丰富经验，如今更是轻车熟路，掌握自如；在描写与叙述方面，不论是描写客观的对象还是自我，哪怕只是描写一个细小的客观对象，或者描写自我的某一段平常而普通的感受，也力求栩栩如生、细致入微，点染铺陈，提高升华，不怕你不受感染，不怕你不被感动；在行文上，则力求行云流水，妙笔生花，文采斐然，轻灵跃动；在阅读效应上，也更善于追求感染力效应的最大化,宣传教育效应的最大化,美学鉴赏效应的最大化。总而言之,读这一种类型的散文是会有色彩缤纷感的,是会有美感的,是会有愉悦感的,而且还能引发同感共鸣,或同喜或同悲,甚至同慷慨激昂、同心潮澎湃……

我以上这些浅薄认识与粗略概括是就当代与学者散文有所不同的主流艺术散文而言的,也就是指生活中所谓的纯粹作家的作品而言的。我有资格做这种概括吗?说实话,心里有些发虚,因为我对当代的散文,可以说是没有多少研究,仅限于肤表的认识。

在这里,我不得不对自己在散文阅读与研习方面的基础,做出如实的交待:实事求是地说,20世纪前50年的散文我还算读过不少,鲁迅、茅盾、谢冰心、沈从文、朱自清、俞平伯、老舍、徐志摩、郁达夫、凌叔华、胡适、林语堂、周作人等人的散文作品,虽然我读得很不全,但名篇、代表作都读过一些。这点文学基础是我从中学教科书、街上的书铺、学校的图书馆,以至后来在北大修王瑶的中国现代文学史期间完成的。在大学,念的是西语系,后又干外国文化研究这个行当,从此,不得不把功夫都用在读外国名家名作上面去了。就散文作品而言,本专业的法国作家作品当然是必读的:从蒙田、帕斯卡尔、笛卡尔、伏尔泰、狄德罗、卢梭,到夏多布里盎、雨果、都德,直到20世纪的马尔罗、萨特、加缪等。其他专业的作家如英国的培根、德国的海涅、美国的爱默生、俄国的屠格涅夫等人的作品，也都有所涉猎。但我对中国20世纪50年代以后的半个多世纪以来的散文随笔就读得少之又少了，几乎是一穷二白。承深圳海天出版社的信任，张罗"本色文丛"，这对我来说，实在是"专业不对口"，只是为了把工作做得还像个样子，才开始拜读当代文坛名士高手的散文随笔作品。有不少作家的确使我很钦佩，他们在艺术上的讲究是颇多的，技艺水平也相当高，手段也不少，应用得也很熟练，读起来很舒服，很有愉悦感，很有美感。

不过，由于我所读的中国现代文学中的散文名家，以及外国文学中的散文作家，绝大部分都是创作者与学者两身份相结合型的，要么是作家兼学者，要么就是我所说的"有学者底蕴的作家"，"近朱者赤近墨者黑"，耳濡目染，自然形成我对散文随笔中思想底蕴、学识修养、精神内容这些成分的重视，这样，不免对当代某些纯粹写作型的散文随笔作家，多少会有若干不满足感、欠缺感。具体来说，有些作家的艺术感以及技艺能力、细腻的体验感受，固然使人钦佩，但是往往欠于思想底气、学养底蕴、学识储蓄，更缺隽永见识、深邃思想、本色精神、人格力量，这些对散文随笔而言，恰巧是至关重要的东西。当然，任何一篇散文作品是不可能没有思想，不可能不发表见解的，但在一些作家那里，却往往缺少深度、力度、隽永与独特性。更令人失望的是，有些思想、话语、见识往往只属于套话、俗话甚至是官话的性质,这在一个官本位文化盛行的社会里是自然的、必然的。总而言之,往往缺少一种独立的、特定的、本色的精气神,缺乏一种真正特立独行而又具有普遍意义的人文精神。

以上这种情况已经露出了不妙的苗头,还有更帮倒忙的是艺术手段、表现技艺的喧宾夺主,甚至是技艺的泛滥。表现手段本来是件好事,但如果没有什么可表现的,或者表现的东西本身没有多少价值,没有什么力度与深度,甚至流于凡俗、庸俗、低俗的话,那么这种表现手段所起的作用就恰好适得其反了。反倒造成装腔作势、矫揉造作、粉饰作态、弄虚作假的结果。应该说,技艺的讲究本身没有错,特别是在小说作品中,乃至在戏剧作品中,是完全适用的,也是应该的,但偏偏对于散文这样一种直叙其事、直抒胸臆的文体来说,是不甚相宜的。若把这些技艺都用在散文中间的话,在我们的眼前,全是丰盛的美的辞藻,全是绵延不断、绝美动人的文句,全是至美极雅的感受,全是绝美崇高的情感……在我看来,美得有点过头,美得叫人应接不暇,美得叫人透不过气来,美得使人有点发腻。对此,我们虽然不能说这就是"善于表现,可惜没有什么好表现的",但至少是"善于表现"与"可表现的"两者之间的不平衡,甚至是严重失衡。

平衡是万物相处共存的自然法则,每个物种、每个存在物都有各自的特点,既有优也有劣,既有长也有短,文学的类别亦不例外。艺术散文有它的长处,也必然有与其长处相关联的软肋。对我们现在要说道说道的学者散文,情形也是这样。学者散文与艺术散文,当然有相当大的不同,即使说不上是泾渭分明,至少也可以说是各有不同的个性。我想至少有这么两点:其一,艺术散文在艺术性上,一般的来说,要多于高于学者散文。在这一点上,学者散文是一个弱点,但不可否认,也是学者散文的一个特点。显而易见,在语言上,学者散文的词汇量,一般的来说,要少于艺术散文。至于其色彩缤纷、有声有色、精细入微的程度,学者散文显然要比艺术散文稍逊一筹;在艺术构思上,虽然天下散文的结构相对都比较简单,但学者散文也不如艺术散文那么有若干讲究;在艺术手段上,学者散文不如艺术散文那样多种多样、花样翻新;在阅读效果上,学者散文也往往不如艺术散文那么有感染力,能引起读者的悦读享受感,甚至引起共鸣的喜怒哀乐。其二,这两个文学品种,之所以在表现与效应上不一样,恐怕是取决于各自的写作目的、写作驱动力的差异。艺术散文首先是要追求美感,进而使人感染、感动,甚至同喜怒;学者散文更多的则是追求知性,进而使人得到启迪、受到启蒙、趋于明智。

  这就是它们各自的特点,也是它们各自的长处与短处。这就是文学物种的平衡,这就是老天爷的公道。

讲清楚以上这些问题之后，我们再专门来说说学者散文，也许就会比较顺当了，我们挺一挺学者散文，也许就不会有较多的顾虑了。那么，学者散文有哪些地方可以挺一挺呢？

近几年来，我多多少少给人以"力挺学者散文"的印象。是的，我也的确是有目的地在"力挺学者散文"，这是因为我自己涂鸦涂鸦出来的散文，也被人归入学者散文之列，我自己当然也不敢妄自菲薄，这是我自己基于对文学史和文学实际状况的认知。

从文学史的发展来看，无论是中外，散文这一古老的文学物种，一开始就不是出于一种唯美的追求，甚至不是出于一种对愉悦感的追求；也不是为了纯粹抒情性、审美性的需要，而往往是由于实用的目的、认知的目的。中国最古老的散文往往是出于祭祀、记述历史，甚至是发布公告等社会生活的需要，如果不是带有很大的实用性，就是带有很大的启示性、宣告性。

在这里，请容许我扯虎皮当大旗，且把中国最早的散文文集《左传》也列为学者散文型类，来为拙说张本。《左传》中的散文几乎都是叙事：记载历史、总结经验、表示见解，而最后呈现出心智的结晶。如《曹刿论战》，从叙述历史背景到描写战争形式以及战役的过程，颇花了一些笔墨，最终就是要说明一个道理："夫战，勇气也。一鼓作气、再而衰、三而竭。"我不敢说曹刿就是个学者，或者是陆逊式的书生，但至少是个儒将。同样，《子产论政宽猛》也是叙述了历史背景、政治形势之后，致力于宣传这一高级形态的政治主张："政宽则民慢、慢则纠之以猛、猛则民残、残则施之以宽。宽以济猛、猛之济宽、政是以和。"此一政治智慧乃出自仲尼之口，想必不会有人怀疑仲尼不是学者，而记述这一段历史事实与政治智慧的《左传》的作者，不论是传说中的左丘明也好，还是妄猜中的杜预、刘歆也罢，这三人无一不是学者，而且就是儒家学者。

再看外国的文学史，我们遵照大政治家、大学者、大诗人毛泽东先生的不要"言必称希腊"遗训，且不谈柏拉图与亚里士多德，仅从近代"文艺复兴"的曙光开始照射这个世界的历史时期说起，以欧美散文的祖师爷、开拓者，并实际上开辟了一个辉煌的散文时代的几位大师为例，英国的培根，法国的蒙田，以及美国的爱默生，无一不是纯粹而又纯粹的学者。说他们仅是"学者散文"的祖师爷是不够的，他们干脆就是近代整个散文的祖师爷，几乎世界所有的散文作者都是在步他们的后尘。只是后来由于各种复杂的历史原因，到了我们的现实生活里，才有艺术散文与学者散文的不同支流与风格。

这几位近代散文的开山祖师爷，他们写作散文的目的都很明确，不是为了抒情，不是为了休闲，不是为了自得其乐，而都是致力于说明问题、促进认知。培根与蒙田都是生活在欧洲历史的转变期、转型期，社会矛盾重重，现实状态极其复杂。在思想领域里，以宗教世界观为主体的传统意识形态已经逐渐失去其权威,"文艺复兴"的人文主义思潮与宗教改革的要求,正冲击着旧的意识形态体系,推动着历史的发展。他们都是以破旧立新的思想者的姿态出现的,他们的目标很明确,都是力图修正与改造旧思想观念,复兴人类人文主义的历史传统,建立全新的认知与知识体系。培根打破偶像,破除教条,颠覆经院哲学思想,提倡对客观世界的直接观察与以实验为基础的科学方法,他的散文几乎无不致力于说明与阐释,致力于改变人们的认知角度、认知方法,充实人们的认知内容,提高人们的认知水平。仅从其散文名篇的标题,即可看出其思想性、学术性与文化性,如《论真理》《论学习》《论革新》《论消费》《论友谊》《论死亡》《论人之本心》《论美》《说园林》《论愤怒》《论虚荣》,等等。他所表述所宣示的都是出自他自我深刻体会、深刻认知的真知灼见,而且,凝聚结晶为语言精练、意蕴隽永、脍炙人口的格言警句,这便是培根警句式、格言式的散文形式与风格。

蒙田的整个散文写作,也几乎是完全围绕着"认知"这个问题打转,他致力于打开"认知"这道门、开辟"认知"这一条路,提供方方面面、林林总总的"认知"的真知灼见。他把"认知"这个问题强调到这样一种高度,似乎"认知"就是人存在的最大必要性,最主要的存在内容,最首要的存在需求。他提出了一个警句式的名言:"我知道什么呢?"在法文中,这句话只有三个字,如此简短，但含义无穷无尽。他以怀疑主义的态度提出了一个对自我来说带有根本意义的问题：对自我"知"的有无，对自我"知"的广度、深度和力度，提出了根本性的质疑；对自我"知"的满足，对自我"知"的权威，对自我"知"的武断、专横、粗暴、强加于人，提出了文质彬彬、谦逊礼让，但坚韧无比、尖锐异常的挑战。如果认为这种质疑和挑战只是针对自我的、个人的蒙昧无知、混沌愚蠢、武断粗暴的话，那就太小看蒙田了，他的终极指向是占统治地位的宗教世界观、经院哲学，以及一切陈旧的意识形态。如此发力，可见法国人的智慧、机灵、巧妙、幽默、软里带硬、灵气十足，这样一个软绵绵的、谦让的姿态，在当时，实际上是颠覆旧时代意识形态权威的一种宣示、一种口号，对以后几个世纪，则是对人类求知启蒙的启示与推动。直到20世纪，"Que sais-je"这三个简单的法文字，仍然带有号召求知的寓意，在法国就被一套很有名的、以传播知识为宗旨的丛书，当作自己的旗号与标示。

在散文写作上，蒙田如果与培根有所不同，就在于他是把散文写作归依为"我知道什么呢？"这样一个哲理命题，收归在这面怀疑主义的大旗下，而不像培根旗帜鲜明地以打破偶像、破除教条为旗帜，以极力提倡一种直观世界、以科学实验为基础的认知论。但两人的不同，实际上不过是殊途同归而已，两人的"同"则是主要的、第一位的。致力于"认知"，提倡"认知"便是他们散文创作态度的根本相同点。值得注意的是，在他们的笔下，散文无一不是写身边琐事，花木鱼虫、风花雪月、游山玩水，以及种种生活现象；无一不是"说""论""谈"。而谈说的对象则是客观现实、社会事态、生活习俗、历史史实，以及学问、哲理、文化、艺术、人性、人情、处世、行事、心理、趣味、时尚等，是自我审视、自我剖析、自我表述，只不过在把所有这些认知转化为散文形式的时候，培根的特点是警句格言化，而蒙田的方式是论说与语态的哲理化。

从中外文学史最早的散文经典不难看出，散文写作的最初宗旨，就是认识、认知。这种散文只可能出自学者之手，只可能出自有学养的人之手。如果这是学者散文在写作者的主观条件方面所必有的特点的话，那么学者散文作为成品、作为产物，其最根本的本质特点、存在形态是什么呢？简而言之，就是"言之有物"，而不是"言之无物"。这个"物"就是值得表现的内容，而不是不值得表现的内容，或者表现价值不多的内容，更不是那种不知愁滋味而强说愁的虚无。总之，这"物"该是实而不虚、真而不假、厚而不浅、力而不弱，是感受的结晶，是认知的精髓，是人生的积淀，是客观世界、历史过程、社会生活的至理。

既然我们把"言之有物"视为学者散文基本的存在形态，那就不能不对"言之有物"做更多一点的说明。特别应该说明的是，"言之有物"不是偏狭的概念,而是有广容性的概念;这里的"物",不是指单一的具体事物或单一的具体事件,它绝非具体、偏狭、单一的,而是容量巨大、范围延伸的:

就客观现实而言,"言之有物",既可是现实生活内容,也可是历史的真实;

就具体感受而言,"言之有物",是言之由具象引发出来的实感,是渗透着主体个性的实感,是情境交融的实感,特定际遇中的实感,有丰富内涵的实感,有独特角度的实感,真切动人的实感,足以产生共鸣的实感;

就主体的情感反应而言,"言之有物",是言之有真挚之情,哪怕是原始的生发之情。是朴素实在之情,而不是粉饰、装点、美化、拔高之情;

就主体的认知而言,"言之有物",首先是所言、所关注的对象无限定、无疆界、无禁区,凡社会百业、人间万物,无一不可关注,无一不应关注,一切都在审视与表述的范围之内。这一点固然重要,但更为重要的是,对关注与表述的对象所持的认知依据与标准尺度,是符合客观实际的,是遵循科学方法的。更更重要的是,要有独特而合理的视角,要有认知的深度与广度,有证实的力度与相对的真理性,有耐久的磨损力,有持久的影响力。这种要求的确不低,因为言者是科学至上的学者,而不是感情用事的人;

就感受认知的质量与水平而言,"言之有物",是要言出真知灼见、独特见解,而非人云亦云、套话假话连篇。"言之有物",是要言出耐回味、有嚼头、有智慧灵光一闪、有思想火光一亮的"硬货",经久隽永的"硬货";

就精神内涵而言,"言之有物",要言之有正气,言之有大气,言之有底气,言之有骨气。总的来说,言之有精、气、神;

最后,"言之有物",还要言得有章法、文采、情趣、风度……你是在写文章,而文章毕竟是要耐读的"千古事"!

以上就是我对"言之有物"的具体理解,也是我对学者散文的存在实质、存在形态的理念。

我们所力挺的散文,是"言之有物"的散文,是朴实自然、真实贴切、素面朝天、真情实感、本色人格、思想隽永、见识卓绝的散文。

我们之所以要力挺这样一种散文,并非为了标新立异、另立旗号,而是因为在当今遍地开花的散文中,艳丽的、娇美的东西已经不少了;轻松的、欢快的、飘浮的东西已经不少了;完美的、理想的东西已经不少了……"凡是存在的,必然是合理的",请不要误会,我不是讲这些东西要不得,我完全尊重所有这些的存在权,我只是说"多了一点"。在我看来,这些东西少一点是无伤大雅、无损胜景、无碍热闹欢腾的。

然而相对来说，我们更需要明智的认知与坚持的定力，而这种生活态度，这种人格力量，只可能来自真实、自然、朴素、扎实、真挚、诚意、见识、学养、隽永、深刻、力度、广博、卓绝、独特、知性、学识等精神素质，而这些精神素质，正是学者散文所心仪的，所乐于承载的。

2016 年 9 月 20 日完稿

CONTENTS 目录

辑一 世间凡像

蛇仙驾到 …………………………………… 2

亲戚们 …………………………………… 6

有病是福 ………………………………… 10

大明湖之恋 ……………………………… 15

你那酒汪汪的玫瑰色女狐狸眼睛 ………… 21

我有茅台,鼓瑟吹笙 …………………… 24

辑二 观剧不语

戴玉强那条华丽的嗓子 ………………… 30

《西施》的情怀 ………………………… 36

《盗梦空间》与《红楼梦》 ·············· 40

从语言到躯体 ·············· 45

辑三　知人论书

江山如画皮，人生如梦遗

　　——李敬泽之《小春秋》 ·············· 58

张洁：恨比爱更长久 ·············· 62

叶舟：在地为马，在天如鹰 ·············· 68

辑四　云游天下

沈阳的美丽与哀愁 ·············· 78

扬州：一城春水，二分明月，三月烟花 ·············· 82

澳门的云淡风轻 ·············· 87

问世间情为何物

　　——鄞州梁祝文化公园记 ·············· 92

穿越撒哈拉 ·············· 102

辑五 现在就回忆

红色娘子军 …………………………………… 132

我的"红小兵"生涯 …………………………… 147

在鲁院那边 …………………………………… 155

辑一　世间凡像

蛇仙驾到

在 2012 年《文艺报》最后一期报纸上,看到韩美林先生画的蛇年生肖年画。很美丽,盘成团的小花蛇,妖娆着,纵意恣肆,又很内敛的样子;很性感,很扭捏,像是从妇联出来的。

蛇作为中国十二生肖里唯一没有长腿儿的动物,不容易画好,它盘起来像一坨屎,展开来也不过是一条长虫。

因此画家里面常见有画马、画虎、画猫、画虾、画驴的专家,却鲜有以画蛇见长的。

如今它被善画卡通的韩美林大师,描绘成花朵般模样,并且随时都要起舞绽放的样子,这是不是意味着,2013 年这个春天,蛇仙真的要驾到人寰、普降福音了呢?

蛇作为真实的爬行类一族,很难具体描述其优点。它既不像其他的高富帅型男动物,如牛、马、狗那样吃苦耐劳,也不像白富美柔姐,如猪、羊、鸡那样低眉顺眼。

它跟人的距离,朦胧、缥缈,并不在"制御"与"受控"范畴,而是在另一个神祇领域,似乎就在妖与仙之间,触怒成妖，观止则成仙。

如果不是位列仙班，又怎得人们如此惦念？

当年，玉皇大帝召集各种动物前来宝殿前的大树下集合时，有些动物自恃才高不愿听令，比如河马、鳄鱼、蜥蜴等；有些动物心向往之却有心无力，比如鸭、雀、蟾蜍等。

于是，它们就错过了进入仙班的美好机缘。

只有那些怀有济世理想的伟大个体，才欣欣然前往投考。

远古时代的蛇神，虽然自身形象特征，已被叫做"龙"的图腾物取代，它却并不气馁，也不狂妄躁郁。

作为龙的原型，千百年来，蛇神一直潜心修炼，卧薪尝胆，随时准备东山再起，准备为圆梦做一点贡献。

听到玉帝的指令，蛇神一点也没有迟疑，驾风御雨、昼夜兼程赶来，紧跟在那头有爪又能腾飞的龙后边就到达了。

要知道，地球上许多四条腿的、长翅膀的动物，速度都要比它快上许多，但蛇神还是克服困难，一路迤逦而来！

它内心深知：来与不来，是个态度问题；跑得快慢，却只是能力问题。

赶到玉帝的树下一看，它名列第六，似乎已经姗姗来迟。

好在那时，尚没有九品中正制和科举考试，所有的规矩都只是玉帝一人说了算。

玉帝要考察的生肖已定额了十二个，先来者先入。

于是，远古蛇神——这个一度被虚构的"龙"盗版了尊荣、失去图腾位置很久的仙尊，很荣幸地成为十二生肖中的成员，且位列第六。它的前边，分别是鼠、牛、虎、兔、龙，后边跟着的是马、羊、猴、鸡、狗、猪。

若论能力、相貌、气质、贡献，排在蛇神前边那几位，大概也只有虎尚能与之并列，略微让它服气的，其他几个如鼠、牛、兔等孱弱之徒，大抵是由于席位原因（可能是考虑到鼠辈、牛耕、兔脱族也要有代表），才勉强进位。后边的马、羊、猴、鸡、狗、猪，更不值得一提，都是为供人骑御宰杀才存在，根本不被蛇神放在眼里。

如果蛇神自己能够选择结队伙伴的话，它宁愿跟猫搭班子——那个"喵星人"实在太神秘了，不仅有九条命，还会巫术，且通灵，前世它们就在一个神界里。

人们一直说的"龙虎斗"，原本说的就是蛇和猫啊！只有它们才是一生一世、永生永世的一对冤家。

然而，蛇的命运也是掌握在最高主宰手里，它自己也决定不得。不要紧，第六就第六吧！

"第六"，位列中间，不偏不倚，不正不邪，不上不下，不止不行。

蛇神记住了自己在镜头前的永久机位，从此便虚与委蛇、草蛇灰线、斗折蛇行、杯弓蛇影，从不肯轻易走错一步而打草惊蛇。

即便如此，那些嫉妒憎恨它的人仍不放过，发明了许多恶毒词汇来疯狂诋毁蛇神，诸如：毒如蛇蝎、蛇头鼠眼、枭蛇鬼怪、牛鬼蛇神、佛心蛇口、一朝被蛇咬三年怕井绳，等等。

他们拼命以貌取蛇，仿佛世间所有的灾祸，都与它的外表太神秘、太光滑、太黏稠有关。

可那又怎样呢？对于一名当官的"男银"来说，长相是多么不重要啊！只要有为民族复兴做贡献的才干和理想就行了。

猪倒是长得好看，还是双眼皮儿，可猪头只能供人们去做祭祀。鸡也长得好，还留着半截没退化净的翅膀呢，却也始终变不了凤凰。

只有蛇，它可以随意金蛇狂舞，也可以笔走龙蛇，可以山舞银蛇、原驰蜡象，灵蛇之珠可媲美荆山之玉！

蛇奉中庸之道，蛇乃谦逊之君。至今，蛇仙在民间还和黄仙、狐仙二君并称，位列三仙之首。

人间诸仙尤其是黄仙、狐仙二位听好了：蛇年，你们的大哥驾到！

2013年1月4日于北京以北

亲戚们

亲戚们来串门儿不需要事先打招呼,因为他们是我们的亲戚们。他们有时是出差,有时是自费出来游玩,有时候是啥也不为,突然之间就在你家门口冒出来了!没有原因亲戚们就不能互相走动走动吗?在旅游溜达这么盛行的当今年代。

亲戚们到时我们得满怀激情笑脸相迎,因为他们是我们的亲戚们。导游的角色我们责无旁贷,谁让我们是他们在此地的唯一亲戚。尤其是不坐班的人,更是没有理由推脱了。(天天不上班,呆在家里头干什么?不正好领着我们到处逛逛吗?亲戚们说。)于是我们在一个月里四去圆明园,两进故宫,三下景山和北海,顺带着当然还要到王府井和西单,根据亲戚们的收入情况再决定是否再组织去蓝岛和燕莎。(因为亲戚们不是同一拨来的。他们往往分期分批,无计划,无组织,即兴而来,乘兴而去,令人无法预测,不可捉摸。)午餐尚还可以在外面快餐盒饭对付一顿,阖家大团圆的晚饭就不能敷衍塞责地马虎过去了。身为女主人的便拖着导游了一天的疲惫双腿，拼搏在滚滚油烟之中昏昏无言。待到杯盘狼藉之后，又要在滑腻腻的洗洁精之中眼看着纤纤玉指都给泡肿成胡萝卜。夜晚是一天之中最幸福的时刻。家里的折叠床板打开，桌椅沙发拼好，席梦思垫拽出来，亲戚们在所有能充塞人的空间里横七竖八，各就各位。呼噜之声相闻，亲戚热爱往来。

亲戚们何时离去我们得听凭自然。关于此事也绝不可以事先打探，否则便有了不耐烦撵亲戚们走的嫌隙。同时也会让此番的一系列热情招待前功尽弃。买票时我们得动用平时储备的所有人际关系到处去讨弄，实在没辙了便只得清晨5点爬起到人大旁边的预售点去排队，有时还不得不花成倍的价钱买贩子手里的黑票。与亲戚们一味滞留下来天天无事可做等待领着出游相比，这些简直就太小事一桩了。能顺利走上就比什么都强。

亲戚们对我们的兢兢业业如过眼云烟十分健忘，而对每次招待中的些微瑕疵却总是那么记忆深刻如刀削斧劈。诸如某次到了故宫门口竟不进去当导游，而让亲戚们自己顺着皇上踩过的中轴线深一脚浅一脚地往前瞎蒙。（彼时故宫门票刚从五角涨到十块，事先没得到通知的吾辈小无产阶级知识分子导游一下子被打得措手不及，只好在带亲戚团出游到了门

三姐妹童年。右边的是我。

口时,买好门票把他们都恭请进去,然后以"有事"为名把自己留在了故宫院墙外边。)再诸如某次买回程的车票时竟让亲戚们自己掏钱,而我们也竟好意思伸手把钱接过来了!(彼时恰巧月底告贷无门,筒子楼里的弟兄们正忙着相互借钱并殷殷盼着下月5号幸福的发薪日子。)在亲戚们口口相传的民间文学里,我们的忘本与小气差不点就成了警世通言。

改革亲戚们串门传统的图谋也不是没有过,结果如何那当然就不用问了。预约登记制度试过(以便于安排我们的工作时间和提前预订回程车票),旅店住宿制度尝过(当然是一切费用由我们做东道主的咬着牙包干),对来过一次以上的亲戚只提供导游图而不再每天领着去走。结果我们的行为都成了亲戚们教育子孙万代的反面教材,间或还有"世风日下""一代不如一代""人文精神不存"等等能要了我们命的感慨。

为了不使自己不忠不孝的劣迹进一步发展成为醒世恒言,我们开始把从前留下的坏印象一点一点地努力往回拨反。下一轮亲戚来时我们比以前更殷勤,更周到,出手更阔绰,笑脸更相迎,更把身子艰难地蜷进夜晚的沙发里,蜷出一坨坨冻虾形的孝顺和贤明。于是在一片"识时务者为俊杰""浪子回头金不换""人文精神又回来了"的啧啧赞叹声中,亲戚们来往走动得更勤了。

亲戚们无论怎样做都是有道理的,因为他们是我们的亲戚们。他们总在提醒我们什么叫作血浓于水。他们总在提拎着耳根子对我们叮咛告诫:亲戚们的传统,不是说反就反了的。

1996 年 10 月 28 日于京西浴风阁

有病是福

将时钟拨回到30岁以前。那时,我难得一病,除了刚参加工作时连续拔掉过三颗智齿,其他时间,精力旺盛,思想简单,对于"病"没有什么概念,身体好得像败类。每天必做之事,除了吃饭睡觉,也就是写作和奔跑。《重庆森林》里,金城武有一句美丽的台词:"跑步?为什么要跑?你失恋啦?跑步这么隐秘的事情,怎么能随便告诉人?"

呵呵,不跑?不跑缘何能消受得起生活?吃饭需要胃口,睡觉需要体力,写作同样需要一个钢脊椎和铁臂膊。在我们这座钢筋水泥城市里,类似于游泳爬山打网球这些活动都显得略微有些奢侈,对场地规模有一定的要求。跑步却是最简单易行的锻炼,对场地的要求并不高,是人都能做,有腿就能跑。这项活动从学生时代起就被我热爱并坚持下来,走到哪里带到哪里。起先是在学校操场里跑,后来搬进单元楼,就在楼下的街心公园里跑直线和不规则拐弯。无论冬夏,每一个晴朗或者迷雾的早晨,每当费力地从床上爬起,慢腾腾磨蹭到场地时,刚开始启动、怠速运转都有些困难,感觉关节艰涩、似睡非醒。一旦加完了油、起步上路后,事情就变得简单了。尤其等800米极限一过,嗖、嗖、嗖,来临的是通体舒泰的快感。于是按照惯性跑下去,刹不住车的感觉,像女阿甘。

这番有规律的锻炼,它的起点是学生生涯的单纯和愚顽,以及祖先教导的朴素农民健康观:"皮实"的孩子成大器,"病秧子"早晚要玩完;而在它的延长线上,等待着的,则是对人、对事的通透和达观。左右脑同时运转,能促使人身心平衡,体质健康。

没病没灾没心眼,健康叫人血气旺。记得那时的我脸色红润,面相混沌,粉嫩成一团,被叫作"大阿福"是好听的,其实更像一名村姑。无论是听到表扬还是听说座下谁谁谁偷了别人东西,我都爱首先脸红,仿佛无功受禄或不打自招。身体好,不觉老,在电脑前工作十几小时不累,疯狂喝酒,疯狂玩乐,倒头便睡,醒来便又思绪飞扬,脑子运转飞快,对于历史和哲学及形而上的精神现象感兴趣,关心宏大母题,对日常生活中的琐屑事物视而不见,关心一切健康人所关心的抽象大事,身心离这个俗世层面仿佛很远,很远。

后来,我的生活发生了一些震荡,跑步锻炼以及一切日常有规律的活动都紊乱终止了。在那么一段不短的时期里，叫做"疾病"的东西时不时来临。所谓"疾病"，无非是些无来由的感冒、发烧，还有颈椎部位对它自己存在的暗暗提示。这些都让我顿觉年老体衰、免疫力极度下降，以为那句"过了三十就奔六十"的俗话果真应验了。

病时，不得不将一件连续性的事情中断。这是最初得病时对"病"的定义。发烧时，脑子不好使，理所当然地不干活。颈椎的隐隐作痛，被迫中断在电脑前端坐的工作进程。在病中，一切都改变了。昏昏沉沉卧床，感受到了"身体"的存在，感受到了"身不由己"的滋味，感受到由身体支配、决定着的许多东西。病中，那些原本晴朗的，变得阴郁；那些明快的，变得低沉。人性如此脆弱，如此依赖他人。灰色的人生，充满不安全感的世界。"活着"变成了一件很难的事情。

一个永远健康的人缘何能读懂《红楼梦》？为什么林黛玉那么个锦衣玉食的人却还总在嚷"风刀霜剑严相逼""他年葬侬知是谁"？一个病人，慢性病人，身体永远处于不适状态，因此她有权利刻薄、小性、难缠、哭闹、不好好与人相处。"病"既让她自卑，又让她据此向健康人比如宝玉和贾母等撒娇，时时提醒自己的存在。就好比新生儿哭夜，爱哭闹的孩子

总是身体里缺乏某种物质比如钙、维生素、铁,他的身体感觉到不舒服,所以才用哭号来发出信号。好端端的吃饱喝足一切都满足的孩子只顾安安稳稳睡觉。黛玉的际遇,起决定作用的,说起来,"身体不好"是其一,"寄人篱下"是其二。假如她如宝钗一样健康,都不必说有哥哥妈妈作后盾,凭她那样的聪明美貌,肯定拳打脚踢,大观园子里头没谁能放她眼里的。从这一点说,曹雪芹对人性的观察和刻画鞭辟入里。

又比如普鲁斯特,你让一个病病歪歪的人整天能干些什么呢?发呆,冥想,联想,幻想。事物细小的声音,穿透窗帘的细微的光线,女人衣裙动听的窸窣……身边发生的那些微小的事情，都被他敏锐地捕捉。因为身体不能动，脑子异常活跃。他用写作，用"记录"来打发他的活着。所以才有那么洋洋洒洒、没完没了的长卷诞生。他活多长，病多久，就能写多长。一个过分健康的人多半成不了作家。所谓"诗人"，就是人类当中一群不健康分子构成的病病恹恹群体。当然，多半都是精神疾病。从这一点上说，有病是福啊！从前说"国家不幸诗家幸"；而今，冷战结束后，风平浪静年代，也只能企望"疾病出诗人"。

生病的时刻，人生的企盼会大大不一样。每逢发烧、虚汗散尽、意识恢复的那一刻，我都在想：从前吃的那种小甜饼是什么味道来着？那种铺了一层胡萝卜、小牛肉、洋葱头、土豆泥的金黄薄脆的小甜饼，外加一碗热乎乎的红菜汤，那味道，多么令人想念啊！以前身体健康时总是囫囵吞枣，没有细细体会它的味道，酒肉穿肠过，可惜！可惜啊！一旦病好了，有了精神头，我要立刻就去吃！一口气吃上十个！

这说明我其实还是一个健康的俗人。

当然，还要继续跑步。"跑步可以将我身体里的水分蒸发出去，这样就可以不流泪了。"这也是《重庆森林》里金城武说的，在他失恋以后。

2002年7月19日于北京以北

大明湖之恋

大明湖,我一生只来过两次。

两次,便是一生。

那是1986年的春天,我和彼时的男友、大学里的同班同学,借着在一家杂志社毕业实习的机会,从沈阳出发,一路南下到了济南。下了火车,我们就风尘仆仆按图索骥,直奔著名景点大明湖和趵突泉。

那个年代,能够出差见世面的机会非常少,更何况是二十出头的在校大学生。我的活动半径基本上都拘泥在北方的校园,还没有到达过像济南这么远的地方。大明湖,就是我见过的人间最大的湖了。大明湖大水扑面,仿佛水从天上来,岸边有惊天的绿柳,湖水里有无尽的荷花。春风吹皱,波光潋滟,伴着趵突泉三股泉眼猛烈有力"咕嘟咕嘟"地向上翻涌喷射的水声,感觉泉水在地底熊熊燃烧,稍不留神就能喷薄汇聚而成汪洋。这座北方的泉城,水声轰鸣,云蒸霞蔚,驿动得很,初看竟不似老舍先生《济南的秋天》和《济南的冬天》里那般静美和恬适。

或许是因为恋爱中人固有的亢奋和热切，让大明湖宁静的湖水和依依的杨柳，都变成爱情的引火绳，促使荷尔蒙和力比多加速燃烧吧！那时候觉得人整天都飘呀飘的，脚跟儿根本落不到地上。

直到走近一方泉眼，靠近一方石碑，"漱玉泉"三个大字蓦地跃入我眼帘时，我的心才"咚"的一下撞到肋骨上，撞得自己平静下来。哦，竟是以偶像李清照《漱玉集》命名的泉！那个出生于济南锦衣玉食之家后又遭逢离乱的宋代女词人，那个"东篱把酒黄昏后，有暗香盈袖。莫道不销魂，帘卷西风，人比黄花瘦"的美女，那个"花自飘零水自流，一种相思，两处闲愁，此情无计可消除，才下眉头，却上心头"的闺阁领袖，那个"寻寻觅觅，冷冷清清，凄凄惨惨戚戚。乍暖还寒时候，最难将息。三杯两盏淡酒，怎敌他，晚来风急"的婉约女子，此时正漱石枕流，无尽的美妙佳句，顺着咝咝作响的泉水，温婉迤逦而来。

这口漱玉泉，跟乾隆皇帝驾幸过的趵突泉自是不同，规模小了许多，是一个规整的长方形水池，周围有玉砌雕栏，池边苍松翠竹环绕，泉涌自溢水口层叠的山石中，顺势而下，跌入下边的水池中，串串水泡从地底冒出，如大珠小珠落玉盘。几条漂亮的锦鲤，正在水底欢快游弋。却不知哪方游人手贱，好端端的泉眼，却被投下许许多多的硬币。硬币在阳光的照射下，正在池子底闪出一摊摊亮亮的贼光。大概人们以为这里也能够祈福保平安罢！殊不知李易安在中原失守之后流寓南方，境遇孤苦流离失所，想要"易安"也难。

在漱玉泉边的李清照纪念堂，见到郭沫若1959年手书的一副对联："大明湖畔趵突泉边故居在垂杨深处，漱玉集中金石录里文采有后主遗风。"联撰得好，郭老的书法也极好，充满着南书房行走的谨正与得意。在门口卖纪念品处，淘得一方笔筒，扁平酒壶状的白瓷瓶，两面各绘一个女词人肖像，衣袂飘飘，很有古风。可惜两面的人物画得一样，应该有所不同才是，一面画上"倚门回首，却把青梅嗅"的悠闲清丽女词人，另一面画上"至今学项羽，不肯过江东"的情辞慷慨女豪杰。

正把玩间，男友在那边已经招手呼唤，说要去看那边的稼轩祠。哦？他这一说，才让我想起，这里是著名"济南二安"——婉约派词人李清照和豪放派词人辛弃疾的家乡，李清照号易安居士，辛弃疾字幼安。他们的纪念馆竟都被安排到大明湖畔来啦！辛弃疾是男友最爱，他的毕业论文正准备写稼轩词论。在陪他出出进进图书馆收集资料的过程里，我总是恍惚：辛弃疾金戈铁马的词句，让我总有个错觉以为他是边塞诗人。

辛弃疾纪念祠的建成时间与李清照纪念馆大体相仿，楹柱对联也是同一时间由郭老所书："铁板铜琶继东坡高唱大江东去，美芹悲黍冀南宋莫随鸿雁南飞。"

"济南二安"虽男女有别，平生遭际竟也相似：山河变故，二人从济南到江南，声声慢和鹧鸪天，覆巢之下无完卵，离乱的命运里充满了壮志未酬和怀才不遇的焦虑和不安。纪念馆看完之后我们唏嘘，相约这一生，不能空来人世一遭，总该像"济南二安"一样有天下情怀，树报国志向，一辈子总要为国家和民族文化发展做一点事情的。

20世纪80年代是光荣和梦想的年代，20世纪80年代的两个大学还没毕业的小青年，在美丽的大明湖畔，漱玉泉旁，稼轩祠里，牵手明晰了自己人生道路和理想。

2012年春季，将近30年过去，我借着到济南讲课的机会，在友人的陪伴下，重游了大明湖。

30年。多少人，多少事，都付湖水旖旎中。但见春光依旧在，难能万事回初心。30年前的男友，早已经成了前夫。回首这一生，似乎我们真就按着"济南二安"的气韵和法度，一路踉跄，不知不觉就到了今天。真个是"少年不识愁滋味,爱上层楼。爱上层楼,为赋新词强说愁。而今识尽愁滋味,欲说还休。欲说还休,却道天凉好个秋"。

是中午时分。来来往往的游客密集,摩肩接踵,熙熙攘攘,比起30年前不知翻了多少倍,显得十分聒噪得慌。大明湖,依然以其水波浩渺的样子,沉稳立于地球之上。要不是岸边的芦苇和洋槐更加茂盛,新增的小雏菊芬芳地盛开,单以那一泓清澈的湖水来算,我还真以为我来过这里,就在昨天。

又见了趵突泉,泉眼还是咕嘟咕嘟有力地往上冒,泉边围栏外还是围着那么多好奇的游客。看他们的样子和神情,都好像30年前来了就一直没走的样子。又到了漱玉泉,泉水还是咝咝作响,冒着气泡,漱石枕流,跌入池中。还是有几条锦鲤在池中游,池底也仍然是被投了许许多多的硬币——那硬币一摊摊发着贼光的样子,仿佛也是30年来就一直躺在那里,根本没有人动过,也不生锈,也不失踪,简直成了神一样的存在。大明湖,竟有着强烈的雕刻时光作用。它将一切都凝固了,以不变应万变,就如同这泉城里厚重的老传统。

李清照纪念堂和稼轩祠都经过了大规模改造扩建,如今变得更富丽堂皇。朝拜的人仿佛也是30年前的老样子,从容冲淡,中年以上的人居多。一个地方,如果只有自然风光,没有人文景致,说什么也算不上有文化有历史。"济南二安"

就是济南这座古城的文化名片,他们给后人留下许多济世理想。"枕上诗书闲处好,门前风景雨来佳","醉里挑灯看剑,梦回吹角连营"。每个时代都要有自己的精神气质,"济南二安"身上有着薪火相传的人文理想。

从李清照纪念堂里出来,我又觅得一个笔筒。30年前那个瓷瓶样式早就没了,这回淘得一个竹筒制作的,开口像一个大搪瓷茶缸那么粗,外围刷上一层清漆,腰身雕刻上李清照的一首词:"常记溪亭日暮,沉醉不知归路。兴尽晚回舟,误入藕花深处。争渡,争渡,惊起一滩鸥鹭。"

30年,两游大明湖,最后全在这首词里作结了。

2015年11月23日于北京以北

你那酒汪汪的玫瑰色女狐狸眼睛

跟广州女作家张梅第一次见面,是在1998年世界杯足球赛开赛前夕。她们一行人出访欧洲,集结于京城。饯行的酒席宴上,我叨陪末座。正是薄暮时分,喝酒的好气氛。别人喝啤酒,我们俩要了一瓶北京醇。酒一喝上,就有了感觉。张梅说:"我就喜欢像你这样见面烟酒不分家的。"我呢,也是酒逢对手千杯少的喜悦。但因时间紧迫,她要出行,我要看球,不敢畅饮,只能将一瓶酒垫垫底,相约等她回来时再喝。

从欧洲转来时,她却因旅途劳顿,在首都机场直接转飞了广州。

又一年夏天,不知什么名目,大闲人和大忙人张梅竟能在京有一段闲散的滞留。于是免不了一干酒友每日觥筹交错,再续前缘。却说那日,艳阳高照,俩人被好友李师东拉去京郊某部队养鱼场钓鱼,中午免不了一场军民相见欢似的酒宴交战。喝的是京酒,度数低,不太适应。小战士好不容易遇到两个女酒鬼,姐一声妹一声紧逼着相劝得急。我俩也是从小就对解放军叔叔有崇拜之感情的，也未拿捏，痛快应战。几个人很快喝掉三瓶。当即小兄弟们或去呕吐或倒头去睡，我们则继续去池边钓鱼。晚上回来，又一个朋友宴请，酒却无论如何喝不动了，头痛欲裂。方知是中午的酒劲泛上来，暑热，喝了快酒，外加逞能，犯了喝酒的大忌。于是，散了歇息。说改天重喝，一定要把感觉喝回来。

两天以后，终又有了机会，名目是给她饯行。长城饭店酒家，聚了一干好友。李敬泽兄拎来了家藏多年的两瓶茅台，兴安兄端来一瓶窖藏的上好葡萄酒。茅台毕竟是茅台，况且又是深藏多年世风不曾日下时的醇厚，先一入口，就是绵软，渐而甘冽，渐而强劲，渐而暴戾，渐而深长，渐而缠绵，渐而欲仙欲死，渐而不知今夕何夕、今年何年……迷离醉眼里，恍见眼前张梅，活脱脱一张旧上海30年代的泅黄月份牌：兰花指、酡红脸、二郎腿、水蛇腰、摩尔烟，一双酒汪汪的玫瑰色女狐狸眼睛，电光闪闪。谁跟她对眼儿谁倒下。唯我还勉力维持与她推杯换盏。

几瓶白的红的下肚，仍不尽兴，给喝得挂了起来，是喝酒进程里最不爽的阶段。于是又喝掉一瓶小糊涂仙。意犹未尽，众人打车到三里屯酒吧，落座，吩咐酒保将泛着泡沫的新鲜啤酒斟上。一小口一小口地呷着麦芽冰啤酒，有一搭无一搭地说着体己话,塌着长长的懒腰,迷蒙倒伏于桌上,醉猫和醉狐狸一般,缓缓转动手中酒杯,开始谈文学,谈魏晋风度及文章与药及酒之关系。隔壁女孩子用咿咿呀呀的唱段陪伴:莫道年少,今朝秋来早……蓦地明白,不知不觉,喝的,却已是中年的酒了啊!少不更事时,总看别人醉,觥筹交错之中,是别人的高潮,满世界的热闹,也都是别人的,吾辈只有当看客的份,往往还要赔出一副侍酒小女子的谄媚假笑。端的是惨淡人生!

这酒,却只有到中年时,才让女人家品出了一点点分量和意趣。第一口酒吻过,那热辣的、滚烫的、粗壮的、艰涩的、刀锋一般的快感,飞快在唇上抹过,刹那间鲜血淋漓,割出无数道热血梅花飞溅!啊,杯酒酬唱,醍醐人生!一剑封喉之际,饮者的心灵有多么的宽阔!

那就挥手作别吧!带着朝闻道、夕死足矣的酣态,各自登程,冲进城市夜色深处茫茫的繁华与荒凉。今朝有酒,莫问前程;今夜有酒,无论路上发生什么,也便都无所畏惧了啊……

2000年1月4日于北京双秀

我有茅台，鼓瑟吹笙

遇见茅台之前，已经有了十几年酒龄——从20世纪90年代初，我作为中国社科院刚入职的小青年随队到河北农村下放锻炼，于荒郊野屋中一群素心小伙伴以"刘伶醉"开场练酒解闷儿，到90年代末文学所同事集体出行，于上海月色下被华师大几坛黄酒闷得口吐莲花抱头鼠窜，再到新世纪初，于广东某地入乡随俗，跟女作家酒仙张梅一起用大杯威士忌洋酒与地方官员"炸雷子"大获全胜……整个就是一片混乱的少年行与侠士醉，十步杀一人，千里不留行。端的是无知者无畏。那不是喝酒，是在闹青春，与狐朋狗友勾肩搭背，挥霍与享受着不知有肾、遑论肝脾的花样年华。

忽一日，茅台来了。在北京，因为获了一个以"茅台杯"命名的文学奖，于是便与正宗茅台酒劈面相逢。那真是"金风玉露一相逢"，说不出的快感与惊艳！盘桓在舌尖上的绵、香、软、糯，温润与醇厚，浪花与云朵层层堆叠，一波推着一波奔涌向前，仿佛就要拍岸，随时都要在天际炸出亡命的快感。

然而,没拍,也没炸。忽忽悠悠落地上,虽已经是桃花满天、飘飘欲仙,却又能稳稳站住,立于大地之上,脑子还是自己的,手脚也是听使唤的,说话发音全没走样,还能够继续觥筹交错,云淡风轻,止于可止,行于可行。

神乎哉,茅台!发乎情止于礼仪,潮起潮落,完全可控,有着中年般的火候和自制力。莫非,它的酒曲里,有着不为人知的神秘配方?

发乎情止于礼仪,这就是茅台的风度和旨趣。

往后的十几年中,我便与茅台结缘,如若不是两家杂志"茅台杯文学奖"的获奖者,便是受邀出席颁奖会的嘉宾,持续不间断地体会着茅台的好。茅台酒的绵软好喝自不用说了,关键是这酒不醉人,简直算得上一个奇迹!酒醉是一个比较讨厌比较麻烦的过程,没法自控,因为不知道自己什么时候醉,那些烈酒洋酒小野酒,都来势汹汹,没有过渡,根本不给人一个渐进预防的过程,说醉"梆当"一声就醉了,呕吐过后人事不省,活该由着身边哥们儿给编排绯闻故事。

茅台酒就没有喝醉之虞,喝了茅台不出丑,喝了茅台不上头。它的微醺来得悠然、舒缓、缠绵,让人清醒地体会身体里高潮的临界点。即便是多喝了三五杯也无妨,不过是一夜沉沉睡去，次日醒来，神清气爽，如曙光初照，混沌初开，如开辟鸿蒙，重获新生，脑门儿和眼神都闪闪发亮，大脑皮层褶皱里的油泥，都被酒精擦得一干二净纤尘不染。

究竟有什么神方，让茅台酒生成这般模样？

多年以后，当有机会亲临茅台酒厂，目睹美酒酿制的整个工艺流程，才解开了这个谜，也才愈发叹服了茅台人的智慧和勤劳。且不说地球上叫做"赤水河"的那一片广大的区域，水土气候温度湿度土壤菌群都适合于酿酒；也不说赤水河两岸长出的红高粱，粒大饱满浆足是天然做酒的好材料；单说这高粱九榨的工艺，也让人听起来叹为观止！什么东西经得起来来回回翻来覆去九次的揉、踩、蒸、煮、榨？就算一块钢板也会给锤成面包了，更何况只是一群群红彤彤的高粱！茅台酒原来只不过是红高粱酒啊！九榨过后的高粱，把性子全都揉松了踩扁了榨没了，最后才滤出那么几滴发酵后的精华。

榨完之后就是勾兑。茅台酒厂有着自己特殊的勾兑流程：勾兑的前一晚，品酒师沐清风明月，禅定打坐，保持身心的洁净。然后于次日日出时分，沐浴更衣，带着清洁和清净的口腔味蕾，前来品酒。他们不是靠工业流水线的数字原料配比来勾兑，而是仍沿用人工的方式，靠品酒师的味蕾来品尝。这样品尝勾兑出来的酒,即便是每一批的百分比上有了些微偏差,但是却覆盖上了"人"的气息。每一批茅台不但带上了物候时序、温度湿度的记忆,同时还沾染了人的情绪、喜怒哀乐、性情性格。因而这酒就变成是"活"的,集日月之精华,天地之灵气,人类之品格,活生生地被勾兑出来。

勾兑好的酒,还要再窖藏至少5年才能出库。这是一个关键又漫长的过程。那些细小的高粱分子,在暗无天日里沉睡、发酵、修炼,等待着拨云见日重见天光。5年,1800多天,是长还是短?说长不长,说短也不短。坐地日行八万里。大圣也曾被压500年。终于,时间已到,高粱的火气、性子全磨掉了,它们化成了酒,化成了神,化成了酒神——这人类艺术的最初动力和源泉。

有了酒,才有了饮宴,有了诗篇,也改变了人类文明的基本走向。《诗经·鹿鸣》有言:

> 呦呦鹿鸣,食野之苹。
> 我有嘉宾,鼓瑟吹笙。
> ……
> 鼓瑟鼓琴,和乐且湛。
> 我有旨酒,以燕乐嘉宾之心。

我有茅台，鼓瑟吹笙。大宴宾客，歌舞升平。遇上茅台，好比是遇上一个敦厚儒雅的中年人，什么都有了：历练、气度、财富、心胸。好酒如此，好文亦如此，都要经过漫长的历练和熬煎，蒸煮榨藏，直至飞升成仙。

2014年3月10日于北京以北

辑二 观剧不语

戴玉强那条华丽的嗓子

这个夜晚的解放军歌剧院注定要属于戴玉强。一墙之隔的后海正在桨声灯影里温柔地沉醉,位于积水潭东南角的解放军歌剧院却在豪华灿烂地演绎着50年前的青春理想和激情。总政歌剧团的歌剧《太阳雪》,豪情万丈,美轮美奂,正在震惊视觉的雪域高原布景中雄阔地展开。

戴玉强,那个长着桃花眼的魅力六在舞台上深情地一展歌喉。该同志近年来发福,扮演的穿军装打绑腿的军医造型,十分接近某种国宝级大型猫熊科动物,举手投足间自有一股斯文、胖乖的柔情气质,大大增加了被宠爱指数。看得出,偶像已然到了艺术生涯的巅峰年代,饱满、成熟、深刻而有控制力,几乎不需要什么身段,只要站在那里,薄唇轻启,一曲既出,那真是日出高山、月涌大江啊!那也是波涛翻卷、浩浩荡荡!那是缠绵悱恻、吹气如兰,那亦是山垂平野、曲水流觞!所谓温柔缱绻、碧海苍天,所谓深情款款、光芒万丈,也就是这个气度和意境了吧?这种需要一口气拔上去的、上升到灵魂和信仰高度的"天堂"戏,除了他,天下能唱上去的还有几人啊?!

这完全是一场听觉盛宴,响遏行云,空谷传音。戴偶像的歌声,舒缓、畅达、从容、奔放,优雅而强悍地覆盖了后海酒吧食肆的推杯换盏轻酌浅唱,把人一次次从俗世的泥泞里解救出来,导引着心灵进入无限的长空,向上,飞升,在一片和谐悦耳的静穆之中施施然飞往天堂。

改编自军旅女作家裘山山小说《我在天堂等你》的歌剧《太阳雪》,一经问世,便显示出欲成经典的气象。导演黄定山曾于2002年改编执导了同名话剧,一举而斩获了业界所有奖项。这次又在十余部作品中选中这部小说改编成向国庆60周年献礼歌剧,可见独具慧眼,又情有独钟。

10年前,1999年12月,裘山山的小说《我在天堂等你》由解放军文艺出版社出版。那一年,我曾替山山去央视《读书时间》栏目做宣传,还是在位于马甸桥西北角的新影院子里录的影。当时谈到特别令人感动的是裘山山的"信"。作为一名军人,她真心信奉和恪守军人的价值准则,赞同他们那种为了理想的奉献牺牲精神。她首先把自己感动,然后才去感动别人。小说写了两代人价值观的激烈冲突,情节在1950年进藏女兵白雪梅的回忆里展开,以新中国成立初期那个单纯信仰年代的军人群体为参照系,在"天堂"那块高地上拷问当下人的灵魂。在浮躁的新世纪开端,有《天堂》这样一本安静的回望理想的书,着实不易,也着实令人感动。

当时谁也不能料想得到,小说的影响力会这般持久,绵延到10年后的今天仍然生效。小说出版之后好评如潮,获奖无数。从"五个一工程"奖到解放军文艺奖,悉数揽获。改编成的电影、电视剧、话剧更是影响广泛。这让我不由想起今天人们所津津乐道的所谓"普世价值"。世界上究竟有没有一个符合任何社会形态、任何历史发展阶段的普世价值?如果有,《我在天堂等你》里所提倡的激情、信仰、理想、奉献、牺牲精神,也是一种普世价值,它在任何时候都不会过时。作为物种最高端的地球上的人类,都应该像书里的主人公一样成为有信仰的人,为信仰而生,为信仰而死;为信仰而慨然赴死;为信仰而向死求生。

这次歌剧《太阳雪》的改编很成功,剧情做了很大调整,将当代人的部分去掉只撷取了白雪梅回忆在西藏生活战斗的那部分,使剧情变得单纯。一个19岁参军成为第一批进藏运输部队战士的南方小姑娘,一路上,通过经历雪域高原的严酷自然环境考验、见证战友的牺牲,在革命军队大熔炉里完成了自己的成熟和成长。

为了弥补没有激烈戏剧冲突的不足，编导采用了意象化的处理方式，采用两条线索来进行歌剧叙事：一条是在视觉高点上藏族姑娘尼玛等几个人磕等身长头去往拉萨朝圣；一条是在千山万壑中，女兵运输队赶着牦牛千难万险行进在给部队提供药品等物资的路上。两条线同时在舞台上呈现，平行又时有交叉，到了剧情五分之四处，女兵苏队长为救尼玛而牺牲，尼玛归队，两条线索合二为一，看后令人为之动容！

滚滚红尘，漫漫俗世，何处放置我们的肉身？尼玛用她天路迢迢磕等身长头朝圣的举动做出了答案；军人用她们高山雪域无畏的英勇牺牲做出了回答。她们共同"要使人间变成美好的天堂"。两条路上，人们都在践行着自己的信仰。这是修炼和锻炼，这是修行和践行。尼玛的六字箴言唱诵、女兵的主题音乐《风雪茫茫》，循环往复出现，都在表达着自己的信仰。

这样的处理方式很优美，很当代，很震撼！

舞台布景什么的就不用说了，花千万元打造旋转舞台、升降台、漫天飞雪、一望无际格桑花等等有超强恢弘的视觉效果，可谓先声夺人。舞美和音乐叙事都很成功。张千一的音乐也没得可说，写西藏的曲子，大概目前还无人可出其右，音乐一响，就令人闻到张千一的西藏味儿，那也是浸到他自己旋律深处、用熟了的某些固定音符和调式。独唱、对唱、二重唱、三重唱、小合唱、合唱，几乎所有的形式都用上了。

歌剧歌剧，有歌才有剧，听的就是那两口唱。最期待的，仍然是戴玉强的咏叹调。前期的宣叙调太多，有点招人烦。大概是编导总担心听众是白痴，频繁对唱、重唱的叙事介绍剧情。我看了看表，演到一个半小时的时候，从晚7点半开演到9点钟的时候，还一个高潮都没有，没有一段像样的唱，没有一个激动人心的剧情出现。男女主角还你一句我一句不成形的搞试探揣摩心事。

多亏还有个戴玉强！多亏他有很好的控制力，掌握着舞台的节奏和韵律。有他对粉丝的号召力垫底，人们都还能耐心等待。戴偶像不愧是偶像，在与女主角初识的对唱中，即便是像"是你""是你""又是你"这样的无谓歌词，仍能给拉出潺潺流水，尔后渐聚涓涓溪流，丰沛，茂盛，水草丰美；接着是长江大河，浩浩荡荡。最后一曲，他卧在雪峰断崖上对女主角白雪梅唱的一曲咏叹调《弥留之际说声我爱你》，缠绵，感伤，遗憾，爱恋，柔情，不舍，舒展，辽阔，激荡，高山雪莲，冰清玉洁，滚滚江水，奔涌而出。直听得人血脉偾张、热泪盈眶！那真是一条被上帝吻过的嗓子啊！

直教人觉得，倘能被这样的嗓子爱上一回，人生便也值了！

有了戴玉强的这一段唱，这场歌剧看得便也值了！《太阳雪》让人经受了一次心灵的朝圣和洗礼，享受了一道丰盛而华美的精神大餐。

2009 年 9 月 14 日于北京以北

《西施》的情怀

让诗人邹静之来担纲歌剧《西施》的编剧,算是找对了人!听着那一首首诗一样的咏叹调:《绸缪》《春天的鲜花开满伤痛的祖国》《请你用手指向越国》(西施),《影子之歌》《风吹的草籽》(越王勾践),《梦一样美妙的生活》(郑旦),不由得感叹:这哪里是在写歌,这分明是在写诗啊!一部美轮美奂的诗剧,缠绵悱恻,凄婉忧伤。"被点燃的春心,让长夜不再寂寞","像冰在火焰上吱吱作响的美人,贤淑如香草一样的美人","命运啊!对不幸的人你现出了慌张","西施,你是越国最痛的伤"……哪一句不是诗?哪一首不是诗人在昭示大时代下个体命运之乏力和无奈?

美人西施的故事千古流传。越王勾践卧薪尝胆,西施浣纱,范蠡与西施泛舟五湖……各种版本各个剧种的戏都给说唱八百遍了,越剧潮剧京剧,冯宝宝版、黎燕珊版、蒋勤勤版电视剧,更有台湾音乐人黄辅棠(阿镗)与陈丽婵合作的歌剧《西施》也曾于2001年在台湾首演。吴越争霸美女当间谍的故事一遍遍广布人间。静之的戏文还怎么写？已经没有多少可以创新的空间。

情怀，除了专业技巧，一个艺术家最重要的是要具有情怀。一个将历史故事新编的优秀作家和诗人更不能没有情怀。静之就是个有情怀的人。他博大、飘逸、苍凉、温润，同时他又悲悯、怆痛、仁厚、细腻，怀有沧桑之叹和命运的悲剧感。"西施之沉，其美也。"（《墨子·亲士篇》），就从这个沉江的结局上溯，静之笔下的西施成为一个复国仇、离故土、念家乡、遭沉江的舍生取义、为国捐躯的忠义女子。沉鱼落雁的美人儿，为什么不再是毁坏江山的倾国倾城红颜祸水？西施与范蠡，为什么不再是卿卿我我的一对佳人才子？苎萝江边的小女子，肩负得动雪国耻拯民难、纾解吴越恩怨、完成越王勾践争霸大业的使命吗？

静之在歌剧《西施》里营造的最重要的纠结关系是美人与君王的关系。这不仅是男与女的纠结，更是君与臣的纠结，也造成了西施命运的走向。西施遇到越王勾践，西施死；吴王夫差遇到西施，吴王死。"狡兔尽、走狗烹；敌国破、谋臣亡"。还有什么命运能比这种臣子的结局更悲剧的？在关于西施命运的三种说法中，静之选择了"沉江"说。这个被沉江的《西施》，比之郭沫若剧里自投汨罗江的三闾大夫

《屈原》若何？这个担负国家重任去国潜伏的《西施》，比之当年郭老的《王昭君》《蔡文姬》怎样？古往今来优柔伟大的男性诗人剧作家，他们笔底的人物身上究竟寄托了怎样感世伤怀的怅惘？又是怎样一个香草美人、君臣夫妻的隐喻与自况？！历史上被选来承担大业的不幸而又万幸的男人女人们，在他们笔下总是千愁万恨，荣辱悲欢，遗世独立，坚贞不渝。

长夜漫漫好观剧。雷蕾的作曲已经做到了尽心。戴玉强、张立萍、吴碧霞、孙砾等众艺术家的表演让歌剧增色（我看的是 A 组）。张立萍那个大西施，西洋歌剧铁的纪律打造出来的好嗓子，响遏行云，气度、仪态，俨然不是小民女，仍是她的蝴蝶夫人、黑桃皇后、叶卡捷琳娜二世，或武则天、慈禧……总之，她的气场太大，台上一站，根本没别人什么事儿了。她的出现，让舞台有了灵魂。

扮演郑旦的吴碧霞是个多么好的歌唱家！她经验丰富，在被打扮得像哪吒或村姑造型出场的不利情况下，几乎是"抢"出来一大段华彩唱腔《梦一样美妙的生活》，她那金丝雀一样的啼哩婉转的花腔，真配得上"丝绸包裹的生活"啊！

我们的戴偶像戴玉强，戴玉强哪里去了？他的唱腔完全被压住了，没有唱出来，配给他的两段咏叹调也没能给人留下什么记忆,不知道是为什么。也许雷蕾是女权主义者,故意贬抑帝王把他们的曲调写得很压抑?不光是越王,吴王夫差也没能唱出什么声响。好!干得好!就算是替西施出口气吧。能够让人过耳不忘的是源于诗经《绸缪》的主旋律咏叹调,"正在用绳索,捆着那柴草,天上的三星啊,出在东南角。今天是什么样的日子啊,让我见到了你,你是那样的你,让我可怎么好……"一唱三叹,吟咏四次,出现得有点意外。原以为是西施唱给范蠡听的,或者看中了浣纱的苎萝江边哪个小青年,原来都不是。却原来是对着广大的虚空唱的,想要表达的可能是对故土的思念和对爱情的憧憬。为什么编剧和作曲家都如此钟爱这一段?众人猜测,可能跟静之雷蕾他们那代人都曾当过北方知青在农田里辛苦劳作过有关。《诗经·唐风》里这段山西临汾一代的爱情歌谣,激起了他们多少青春情愫和怀念啊!朋友宁肯说应该把越王勾践给西施送别的《秋雁》那一段当主旋律,更切合本剧要表达的人类个体命运难以把握的悲剧主题。众人深以为然。

2009年11月15日于北京以北

《盗梦空间》与《红楼梦》

白露时辰遇上两场梦：《盗梦空间》与《红楼梦》。都山呼海啸，狂震人们视野。前一场，科幻梦，两个多个小时就做完；后一场，古装梦，为时二十来天。若不看，酒肆茶楼聚谈时无话说，招人白眼和鄙视；若看，无非乱纷纷一通热闹，看完即忘，过眼云烟。

先说《盗梦》，是一出"让梦想照进现实"的幻觉游戏。关于梦，现实中的道理是"日有所思，夜有所梦"。小时候，老人们都告诉被梦魇住的小孩：梦都是反的。梦见掉河里或从高空往下坠落，那是在长个儿；梦见踩大粪（必须是人拉的黄澄澄的粪），就是要发大财，醒来会捡金元宝。

《盗梦》却颠覆以往论断，告诉人：梦是正的。梦有所思，日有所为。梦能左右现实。要是能钻进一个人的潜意识，控制了一个人的梦，植入一个想法，醒来后他就会照梦里的做。简单地说，就是可以在梦里修改人的大脑程序，给人洗脑。

这种控制人类大脑方法，可比电影《追捕》时代给证人横路敬二吃药的方法强多了！也比监狱里劳教改造的方法要省事得多。被修改了梦中程序的人醒来后不疯也不傻，不会变成精神病，跟正常人完全一样，洗心革面后乖乖按被修改后的程序办事。用暴力和强权做不到的事情，就征用柯布他们的盗梦团队，一律钻进潜意识的梦里去解决。

但是……且慢！一个想潜入他人无意识里控制别人的人，妄想擅改人家梦的程序，如果技术不过硬，不仅容易把对方搭错神经，造成失效后果，同时也容易不小心让自己也搭错几根神经，陷在梦里出不来。

电影里的柯布，不就赔了夫人又折兵？柯布修改了他妻子的梦，导致妻子醒来后分不清梦与真的区别，最后从现实中跳楼自杀，归入永恒的梦境。柯布自己在完成任务后，也随着陀螺的旋转，滞留在跟儿女团圆的梦里回不来现实世界。

所以说，出来混，早晚都要还的。这才是电影《盗梦》的真谛。

梦与真，或者"似梦似真"，这个问题不值得纠结，太一般化。有趣的是，电影营造了梦境的三层或四层空间。这个非常有想象力！（如果时间允许，电影让拍四个小时的话，导演会营造七层或八层空间也有可能，流行元素和风景诸如酒店、雪山、海滩等美丽外景都拍到了，而月球和白垩纪还没有拍到。也许那是留作《盗梦2》的外景地。）弗洛伊德和荣格也只说到意识和潜意识，平常人做梦，最多是"梦中梦"，二层就很了不起，如果在梦中梦里还要套做梦中梦，那肯定精神错乱，思维一定会崩溃。

所以电影里要通过吃药才能做第三层梦，上一层梦里解决不了的就到下一层去找解决方案。想做的梦层数越多，就越得下猛药，借助药力才能在梦的黑洞里一层一层往下陷落。听起来既迷人又毛骨悚然！

看电影的时候，我总在担心，把梦的层数做得太多，万一自己数不过来是身在第几层，往回返时没走到位怎么办？比方说四层的只回到第二层就卡住了，或者误以为已经到顶就不往上潜了，该怎么办？那么现实中的肉体不就成了睡不醒的植物人或者干脆死翘翘？

电影可能想到了观众的担忧，所以想了个捷径，搞个简单动作：穿越，kick。只要一撞车，掉河里，巨大的撞击力把在各个层里做梦的人全都撞醒，一下子全回到现实中来。

哦，明白了。做梦的时候，下去的时候是一层一层下，跟电梯一样，每层都停；醒来的时候，回返的时候，却"嗵"的一声，齐刷刷往回返，电梯直驶、中间不停。

很好玩的。说来说去,像看一个游戏,跟打电脑游戏过关斩将没什么区别。商业大片越来越精致,场景、特效、制作、动作、表演,都不错。看完出来,脑海一片空白,什么也没留下。里面的小爱情、谋杀、富二代被绑架桥段,拼贴,虚掷,人物都像纸糊的,动作机器人,一句话,不感人。电影基本与人的情感无关。观众的注意力也全放在人物怎么往回穿越、着急于时间到了还不赶快撞车上面。

美国人的科幻梦,这一点,不如咱们自己的古装梦。红楼一梦,朱门豪宅里的女子的身世命运,虽然叫刘姥姥和板儿这些无产阶级人民大众看起来,就是饱食终日无病呻吟,但是,架不住曹雪芹纯文学范儿的感同身受、怜香惜玉、诗词歌赋的有才,把人的悲欢离合给描写得好啊!清凌凌的世道上,还是有血有肉的人的情感最能打动同类物种的心。

曹雪芹的梦有两层:通篇《石头记》都是记录人生繁华一梦;第二层是太虚幻境梦中梦。在那里让宝玉听了警幻仙曲,并与秦可卿搞了一些动作,醒过神来,回屋里又在袭人身上把梦境落实了,这一段叫"初试云雨情"。

新版《红楼梦》剧组在自己的梦里改写了曹雪芹的梦:比方说,让电视剧里各位女子性格与书中大不一样,原本备演黛玉的去演了王熙凤,总是"哏儿""哏儿"上气不接下气乱笑个不停；原本演史湘云的演了林黛玉，圆脸憨态就差咬舌子叫"爱哥哥"了；原本大家闺秀的秦可卿有了招猫逗狗的身段和眼神。

导演李少红也在曹雪芹那里植入和新建了自己的梦：一是超过87版的《红楼梦》；二是希望2010版《红楼梦》能成为经典。

当所有这些红楼人马的梦中梦的梦中梦，都被观众的诘难和网友恶评一棍子拍醒，众人被"kick"、无奈穿越到现实中来时，他们才明白：别的梦就先别做了！目前到处灭火、保住收视率最为紧要！演员接受采访大倒苦衷时，她们说出了自己担任角色的身不由己，一不小心暴露了商业操纵的秘密。不是谁适合哪个角色就能演哪个角色，背后是多方政治经济力量的相互掣肘和妥协。

梦中梦，身外身。科幻梦和古装梦，说白了，都是商业梦。商造梦，虽然看着五光十色，却像泡沫，一晃就灭，瞬间缭乱难达永恒。

2010年9月16日于北京以北

从语言到躯体

年轻的时候,我是那样迷恋于语言艺术,除了整天抱着那些虚构类的文学读物啃个不停外,再使我感兴趣的,便是观看话剧——看文学语言是怎样通过真人的口艺术地说出。那时最令我着迷的是北京人艺演出的话剧。凡被我赶上的剧目,几乎一出没有落都去看了一遍。(有些是在我来京定居之前就已经上演、且又没再重排的剧目,我就永远失去了观赏的机会。)像《雷雨》《北京人》《哗变》《狗儿爷涅槃》《推销员之死》《天下第一楼》《芭芭拉上校》《茶馆》《李白》《鸟人》《哈姆雷特》《古玩》等等,里边的人物和情节统统都在我眼前走了一遭。而像一些特殊剧目,如老艺术家们告别演出的《茶馆》,我则连着去看了两遍,一遍是买的楼上的票,看全景;一遍买的是楼下前排的票,看表演。《鸟人》也去看了两遍,那是因为当年我也曾热衷于追星,人艺演员濮存昕曾经是我年轻时的偶像,凡有他演出的戏都追着追着地前去捧场。从最初的《雷雨》直到《李白》《鸟人》《哈姆雷特》

《古玩》等等,他频频出任主角的那些个戏,都去看了,光是《鸟人》就看了两遍。在看他演的哈姆雷特时,我和女友还险些冲动得上台给他献花。偶像的轰塌,是在他演了一出名叫英雄什么什么的电视剧之后,名字记不大清了。一看里边他那大白光下给弄得苍白的脸,不知怎的,心里边疼了一下。回想舞台上变幻灯光下濮存昕那潇洒的身段,书生的脸,中音区共鸣的磁性嗓音,从语言到肢体塑造人物形象时的灵逸,真是既感慨,又惋惜。这以后他演的舞台剧,包括过士行"闲人三部曲"当中的后两部,我再也没有兴趣去观看。

唉!偶像的轰塌,却缘于电视剧里那一张苍白艰难的脸谱。唉!

无论从哪个艺术角度来说,电视剧都没有资格和话剧相比。看吧!灯光熄了。钟声敲响。大幕开启。世界这时在身边远遁,隐匿,唯有眼前的一片还光明着。那是演员,一个说话者,他以他的声音,以语言之力,照亮了我们沉睡之思,同时又将一部古老的人间悲喜剧活生生展现。光阴就在他的言语里倏忽而过。只一会儿,他就老了;又一会儿,他就死了。他幸福了。他痛苦了。他欢乐。他悲伤。他大喜大悲,他无怨无悔。他的运命飘摇,他的前程起伏跌宕……语言,它究竟有多少神奇的力量,究竟有多么大的功能啊!明明我们坐在此地,时间只不过就在我们身边运行了几刻钟而已,然而语言它却以其铿锵,以其清丽,以其明媚,以其柔软,以其喁喁,以其呢喃,以其丝绸一样的爽滑,以其唾液一样粘稠的质感,把我们吸附,让我们物我两忘,进入超验境地。我们只一会儿就把别人的一生走完了,同时又在他人的生存中照见了自己。

你看那茶馆:多么宏大的艺术场景!多么臻于完美的艺术语言!就在那一口京腔京韵的起承转合里,百多年的中国历史走完了,各色人物的命运也走完了。那个叫于是之的老爷子可真叫棒,仿佛就他一个人在舞台中央磨磨叨叨,磨磨叨叨,手不得闲嘴不得闲地磨叨,三磨叨两磨叨之中,就把自己从青年到壮年,又从壮年到小老头的过程磨叨完了。然后就是弯腰驼背,老态龙钟,腿脚艰难地在台上跟老哥几个一起给自己撒纸钱。老爷子蓝天野那也叫棒,就听一声肥喏在幕后高唱,嗒嗒嗒,马踏銮铃,声音由远趋近,门帘儿一挑,一位在旗的爷儿,气宇轩昂地出场了!就见他手执鞭,细高挑,长袍,粉红脸膛,态势倨傲,眼皮儿不正眼往人身上撩,似是红得透明的文武小生扎靠亮相。台词一出,气脉充足,共鸣响亮,那声音打在剧场光滑的四壁上,又均匀反弹回座下人等的鼓膜中。好一口京腔!好一副漂亮的人嗓!

就是这样的人嗓,娓娓又是徐徐道出人物命运的大起大落,大开大阖。况且,那声音里念叨出来的,却又是老舍先生在思想和语言上的无限智慧和悲悯情肠。谁能不被这样的声音牢牢牵着、死死粘着呢?

而像《哗变》那样外来剧目,语言艺术的精湛也简直到了家。剧情本身就是一场以语言来陈述的逻辑推理过程,从原告、被告、律师、审判长到陪审团,全场演员寥寥,只不过是朱旭等几个老演员来回上台下台说话而已,陪审团的四五个人就在一个长条桌子后坐着歇着,不说话,没台词。几个主要演员也没有什么形体动作,全凭演员的说话,台词,一句一句,一个扣儿一个扣儿地把观众带入剧情,又一句一句,一个扣儿一个扣儿地把观众从剧情中解放出来。

一出剧,两个小时,怎么就能用话语将观众按在椅子上,使他们耐着心跟着演员们一起将故事走完呢?这就是语言的魔力。这些剧目都将语言的叙事功能,发挥到了极致。在说话者简单的上下两瓣嘴唇的开阖之间,语言形成张力,也是引力,绵延,放纵,自持,内敛,牵着你,吸着你,沿着说话人的声音前行。虽然它不是唱歌,没有太多的音调变化起伏,然而,语言有其内在的韵律和激情,有思想,有形状,有独白,有和声。有静观默想,也有形体冲撞。像《茶馆》那样的剧目，对语言的运用真是到了顶峰，后来者都无法赶上或超越它。如后来的《鸟人》或《哈姆雷特》等，可能会在艺术形式上探索出新，比方说在单纯的说话对白里边加入一些唱念做打等等新的元素，但论起话语的叙事来，《茶馆》是绝对一流的。看完了《茶馆》，再看《天下第一楼》，就发现有明显的模仿痕迹，而在文化视野及语言叙事的宏大规模上则远远不够，没法与之匹敌。

是在什么时候，突然间我就对建筑在语言艺术基础上的话剧这种形式不感兴趣了呢？那可能是因为从大剧场到小剧场，看了许多像《情感操练》《我爱×××》《与艾滋有关》《社会形象》等等剧；看了独立制作人操作的诸如《离婚了，就别来找我》《都有一颗红亮的心》这样的剧；看了被广告和传媒煽情得厉害的《红色的天空》（其实就是反映老年人生活的"夕阳红"之意）这样的戏；看了（也是被广告招去看的）诸如李默然的告别演出（名字忘记了，只记得是好几年前，60元钱一张票，当时的顶尖价格，蓝岛大厦顶层剧场）……看了不少这样那样的剧之后，突然间就对话剧腻歪起来了。不单单是因为话剧当中加入太多的无谓肢体因素，所谓"行为艺术"在剧中变得时髦，比方说，大段大段的舞蹈，歌唱，床上戏，真脱，女演员穿透明睡袍，男演员脱得只剩一条肉色裤衩,并有男女身体叠加波浪起伏动作;也不单单是因为话剧的目的,成了单纯用它做广告招徕人买票,卖出一张是一张,宰人一刀是一刀,连回头客都不想;不单单是话剧成了有钱人用钱出名的好地方,仿佛只要有人出资,谁都可以随便找一群人攒出一台什么剧;也不单单是演出质量的粗糙,语言功能降低,智力水平下降,经常是一些未经专业训练的非职业演员,在台上一口接一口说着模糊不清的语意,念着含混不明的道白……

总之,在看了太多的话剧赝品之后,仿佛一夜之间,我对没完没了的语言聒噪和舞台上形体的夹生感到厌倦,甚至憎恶,对市场和传媒联手利用艺术的合谋欺骗抱有戒心。我已经不能相信制作者的语言艺术水平,也不能够对任何打着"市场"旗号的艺术品种抱有信任。看话剧,不再是一种享受,而是成了对眼睛和耳朵以至心灵的一种折磨,看完了,总禁不住在心里喟叹一声:唉,又受一回骗。

我们每一个热爱艺术的诚实个体的金钱和时间,就这样无谓地被打着艺术旗号的人给损耗欺骗了。更糟糕的是,它败坏了我们的眼睛和耳朵,破坏了我们对美的甄别和鉴赏。

与其看那些舞台上肢体的夹生杂耍,莫不如看真实场地里奔跑着的健全躯体。看经过严格训练后那种纯美的、无法做假也无法企及的脚尖上的开绷直立。

从什么时候起,我开始迷恋上了看芭蕾舞和足球?说不上。反正是对语言艺术彻底失望与厌倦之后,那些不说话的形式,诸如舞蹈和足球,就占据了我的视野,进而心灵。

关于足球,我已经说过太多,对它赞美过太多。这里暂且不去说它。那是纯粹的、解放了的、自由奔放的身体。单说舞蹈吧。那些轻盈飘逸、开绷直立的形式是多么美丽!《天鹅湖》《堂吉诃德》《吉赛尔》《胡桃夹子》《罗密欧与朱丽叶》,甚至表现中国妇女解放的中芭出演的《红色娘子军》……人自身的身体能量被最大形式、最大限度地宣泄释放了。仿佛他们的身体里都注满了奇怪的欢乐色彩。看见他们在一个空旷的舞台上那样曼妙地开绷直立、那样轻松地凌空腾越疯狂旋转的时候,直觉得人的肢体是个非常奇怪的事情,它既受制又解放,是受制后的解放,亦是解放后的重新受制。那亦是心甘情愿的。就在种种两难之间,迸发出欢乐,迸发出美、自由、激情。看看《海盗》中的快乐双人舞,看看那些《大古典双人舞》,看看那由老柴作曲的《辉煌的快板》,看看西班牙风格的《雷蒙达》,看看那个与风车叫劲玩的疯狂老堂吉诃德……舞台上的那些长得高头大马或腰不盈握的怪怪的人们啊,他们的肢体真是奔放、热烈,没来由的奔放,没来由的热烈,观望者就觉得眼睛里边在轰鸣,耳朵里边在轰鸣,心底里边注满了快乐的轰鸣。不可一世的快乐轰鸣。那仿佛是一种人类原生的热情,被压抑许久的激情,现在全被他们的身体给绽放出来了。

原来,人不一定要用嘴巴说话。嘴巴关上之后,肢体却能有如此完美、复杂、和谐、流畅的表述功能!人类进化产生语言,有了大脑的语言思维,其实是一件多么反动和遗憾的事情!嘴巴一有声音,身体的说话功能就废置了,要经过后天残酷的非人训练,诸如开弓劈叉、压腿抻腰、节食练功等等酷刑,才能在个别人的身上将那套身体肌肉的说话功能找补回来。而更多的人,身体却永远僵掉了。最神圣的经书上讲,人类嘴巴里的语言是上帝为了在人群中挑拨离间而特地制造的。上帝看见人类都用同样的肢体说话、交流,觉得人太团结了,会对他这个统治者不利,于是他就故意让人们嘴里发出各种不同字母的声音,让他们之间的相互交流废止中断。上帝他果然得逞了!中国一些用汉语来写作的作家们,不是总抱怨得不到瑞典颁发的诺贝尔文学奖吗?这要是换成肢体语言艺术评奖的话,哪里还用得着语意的翻译?哪里还用得着担心翻译过程中的误读和语意的失落?看那每年召开的各种世界运动会,那就是人类肢体的狂欢节。还有一种叫"穷兵黩武"的东西，那也是对人类肢体某些语言的变相回忆，只不过在施虐与受虐之中，显得相当变态而已。

　　肢体也能淋漓地表现爱意，表现忧伤。看看英国皇家芭蕾舞团演出的《罗密欧与朱丽叶》中"定情"一场，男女主人公从相识、相知，到相恋，完全用肢体表现得丝丝入扣，又如醉如痴。夜深人静，在朱丽叶家古堡的后窗下，一场君子好逑的古典游戏悄悄地开始了。一对小可人儿，他们的身体悄悄趋近，复又分离，紧张，期盼，试探，战战兢兢，小心翼翼。刚要试着触抚，又"倏——"地分开，转身离去，又恋恋不舍。站定，回眸，快步奔回，朱丽叶到了罗密欧身边，站定，手足无措。张皇，喘息，迟疑。打量，旋转。足尖绷起，落地。如是反复，内心的紧张、焦渴、期盼都达到顶点之后，最后终于两个身体合一，嘴唇轻轻一吻。朱丽叶害羞地扭头快步离去，罗密欧闭着眼睛，摊开双手，一步一步轻轻往后退着，轻嘘了一口气，英俊的小伙子轻嘘了一口气，闭着眼睛，痴迷着，醉了，醉了……

　　舞台上用身体表达的爱意，比语言表现得更加完美，精彩，酣畅，快意，淋漓，整个叙事行云流水，根本不是用语言可以比拟和翻译的。另一出由巴黎国家歌剧院芭蕾舞团演出的《吉赛尔》，墓地里那一场叫做"维丽"的冤魂们的群舞，编排和演出都至臻至美，在古典芭蕾艺术上真是到了登峰造极的境地。那已经看不出是人在舞蹈，真像是一群精灵在翩翩起舞，就是一群披白纱的鬼，丽鬼。她们的手臂和脚尖简直就不像人的手臂和脚尖，怎么舞怎么有，对肢体的运用达到了极限。

但也不是说没有滥竽充数之作。身体叙事中的赝品也一样存在。从美国来的一个芭蕾舞团，到北京跳《仲夏夜之梦》。那是一场十分糟糕的戏，把观众的感觉蹂躏得一塌糊涂。看完之后才明白，那是由各色人种凑起来的一个草台班子，音乐和舞蹈的处理上都浮皮潦草。莎翁幽灵故事中的主角由一个名叫"龙"的华裔来跳，那人留着一个北京特有的"板寸"头，妆也不化，由始至终，只披一件简单的金丝绒大氅，无论如何，也让观众找不到古代"王子"的感觉。他一次又一次用他的支棱八翘的板寸脑袋将我们从古典情节里抻出来，让人以为是不巧碰上了前门广场上一个蹬三轮的。而且，剧里所有的男女演员没有一个敢跳炫技动作，敢来一段显示个人技术的大段独舞。对待古典艺术，他们未免有些太漫不经心。今后，但凡再有什么美国来的古典艺术团体前来走穴，在选择去看之前，还是要加着十分的小心。相对于古典艺术的起源地俄罗斯人和欧洲人而言，美国的舞者大概只能算是一大群乡下人。

　　正是在这些奔放的身体叙事中,我们得到了灵感,受到了启迪,也从中获得了生气。语言是有边界而躯体是没有边界的。艺术既是自由之思,也是自主的快乐。它是受虐,也是解放,是受虐之后的解放,也是解放之后的重新受虐。就在受虐与解放的双重痛苦与欢乐之中,艺术带着无形和有形的镣铐枷锁,一步步逼近了人的本原。

1999年5月25日于北京双秀

辑三 知人论书

江山如画皮，人生如梦遗
——李敬泽之《小春秋》

李敬泽的文字是玲珑的。是玉面玲珑，包了浆的，思接千载，神游万仞，八面威风，水润圆通。《小春秋》是一部才子之书，"六经"注我，我注"六经"，天地玄黄，宇宙洪荒，历史在他的笔底鲜活，千年智者披发当风，孤独求败，既轰轰烈烈，又灿烂淫靡，终不过，是江山如画皮，人生如梦遗——把历史读成小说，把日子过成段子。非如此，便不能照见历史和人性的本相。

如今江湖之上，勇猛无畏挑逗撩拨历史者何其多也!《小春秋》腰封上那五行广告，从"百家讲坛"一直数落到过世的张爱玲前老公，竟把庸、昏、奸、痴、娇几种模样唠叨全了。真乃"妖风"，"毁"人不倦矣!商家急着卖，也不带这么比附的。

《小春秋》虽然形式上也轻快照人，然而却大自在中有大庄严，小得意里存小须弥。李敬泽谑浪笑傲，谈经论道，看似拈花摇扇，纵意恣肆，却于轻拢慢挑中随处留意，谨小慎微，苦心孤诣、孜孜以求，怀有国学大师钱穆所说对历史的"温情和敬意"。他隔了时空，穿过《诗经》与《论语》，越过《春秋》《离骚》《史记》《酉阳杂俎》……会访先哲先贤，自由轻松与历史对话。"星沉海底当窗见，雨过河源隔座看"，李商隐的入道诗《碧城》，成了进入历史隧道的入口和出径。星沉雨过，海底河源，皆当窗可见，都隔座能看。"海底"与"河源"，蓦地，竟跳空高开，平起两个八度，在收口时拨了上去，系紧一根虚无完美的弦。义山诗那些繁缛的意象，竟不复隐晦与消沉，转而成一个当世者宏观世界与宇宙的气度和海拔。

每一代人都有自己对历史的解释和应答。《小春秋》或许就是我们这一代人心中的历史，是一代人的怕与爱，是对历史"不二法门"的生动的文学性表达。历史，在一位才情横溢的文学批评家眼中，纷纷还原成"人"的故事，人性尽情勃发与袒露，人性的强悍与弱点同样暴露无遗。从形形色色的历史纪事里，他探讨人类的道德底线（《那些做不到的事》），考量自由的限度（《独步可以舍我乎》），研究公共事务与私人事务的区别（《活在春秋之抱柱而歌》），同时也看到鲁迅所说历史"吃人"的本质（《其谁不食》）。他要努力

李敬泽《小春秋》书影

探究,在没有宗教依托处,那些支撑人类精神的动力来源。从伍子胥过昭关一夜白头"两千年的孤独,三千丈的白发"里,他看到了英雄的孤独和力量(《伍子胥的眼》),从长期风行的历史悖论里,他更是无畏地为知识和知识分子正名(《当孟子遇见理想主义者》):"对于那些不管以劳动伦理名义还是以精神纯洁性的名义,剿灭人类精神生活的人",他要大声昭告,"任何一个人的精神活动,都终究离不开人要吃饭这个事实。他的思想、想象和精神是他在世俗生活中艰难搏斗的成果,即使是佛,也要经历磨难方成正果,而人,他是带着满身的伤带着他的罪思想着,思想者丑陋,纯洁的婴儿不会思想。"可谓铿铿嗒嗒,掷地有声!充分体现一个真正知识分子的担当与正义。

《小春秋》里的文字,枝叶纷披,妖娆妩媚,美艳绝色的形容词雕栏玉砌成深宫后闱，人走进去，乱花迷眼，闻香先醉，欲罢不能，后悔自己当初练了葵花宝典。看得出，这应当是作者一次比较愉快的写作经历，御风而飞，几千年的歌吟复沓过后，终于在一袭生命华美旗袍上捻出虱子。叽叽复叽叽，离骚复离骚。几千年的文人墨客也都像屈原的门徒，骚情，骚动，骚乱与风骚，薪火相传的才情气质终归涂抹不掉。

由于作者太有才，词藻过于绚烂圆润华丽，因而往往容易滑向边界，一不留神，就跑偏了——不是小沈阳的苏格兰裙裤没开裆开气儿的跑偏，而是观众眼力和理解力的跑偏。我的理解力就不太好，被他那汉赋骈文似的斐然文采撂倒以后，又跟跟跄跄爬将起来，从头检索，才能揣摩出他原本的端庄意义。也正是这种枝蔓缠绕交叉小径的热带花园繁景，才展现了文学家的纪事与史学家学术考据爬梳的不同，也才体现了文人读书笔记与精神思想史记的真正魅力。

小春秋，大般若。《华严经》说："譬如一灯入于暗室，百千年暗悉能破尽。"隔着"海底"，隔着"河源"，《小春秋》仿佛让人看到：彼岸，一群披发孤独者，正红尘万丈，月黑风高；此在，一人带发修行，并一灯如豆，倚天屠龙！

2010 年 5 月 31 日于北京以北

张洁：恨比爱更长久

这是我早就想写，然而却一直延宕至今的题目。这个结论让我惊悚，我只怕它一说出口，就把"我们"——无数女人对现世爱情的期待给彻底泯灭了。这样一本用血和泪、疯狂与绝望共同交织构筑而成的《无字》天书，谁能破译得了？怎能想见，写出《无字》的张洁，就是20年前，那个满怀亲爱、泪眼迷蒙呼唤《爱，是不能忘记的》的张洁？20年是一个什么概念？20年的风刀霜剑在一个灵性充溢智性高韬的女人身上刻下数道年轮后，便会使她修成如此正果吗？

无字天书。无字我心。《无字》其实哪堪破译？！它只如一把无形的利剑，将人世间善男信女对待情事的一点点虚幻，尖锐地挑破了。很凉。也很伤感。作为叙事主角的女主人公吴为，在追忆自己与丈夫胡秉宸及其前妻白帆的关系时，时时回顾追溯母亲叶莲子与父亲顾秋水、外祖母墨荷与外祖父叶志清的一世情缘。三代女人的爱情遭际，一个世纪的离乱沧桑，压抑在传统、流俗、战争与革命情境下的命运

张洁《无字》书影

坎坷，都令我们扼腕叹息。我们优柔的同情之心被深深地触动了，如同在读《世界上最疼我的那个人去了》时一样，书中的结论，在我们心间形成一个大大的疑问：俗世之中，男女之爱，与母女之间的血缘之亲，究竟孰轻孰重？谁是我们最后的情感寄托和皈依？不敢想，不敢问。只是将浸透着血和泪的一本天书拿起来，又惊恐地放下，再拿起来，再放下，如是反复，不忍卒读。

从前我们在《爱，是不能忘记的》那里懂得了爱，深深的爱,由禁忌之中而一定要完成和坚守的爱;现在,我们却在《无字》天书里理解了恨,由无际的爱而化生出来的恨,它同样是柔肠百转,刻骨铭心。若说在世袭传统压迫之下,祖母墨荷与母亲叶莲子那代女人的爱情命运还仅仅是可怜;那么像吴为与胡秉宸建立在革命年代的、有着强大的以反叛为前提的自由自主之恋,到最后竟也脆弱得不堪一击,这已稍微显得有些不可理喻。通常而言,男人都是功利之中的俗物,被生存迫压得躲闪来躲闪去,在计算精确后,总要找一个最稳妥的巢穴供自己安放沉重的肉身之躯;而只有女人能够单纯为爱而疯狂,而歇斯底里。这其中有男权文化一贯统辖、迫害、教唆的原因,也有女人自身内分泌方面的毛病,为爱情而燃烧起来的女性躯体,靠自身力量根本无法控制和扑救。无论是书中那个白帆还是吴为,其实是犯了一样的女人通病,以局外人之眼观瞧,不知她们反复离婚结婚复婚,共同为着争夺一个老同志胡秉宸到身边来供养,究竟有什么意趣。其实她们都很优秀,都能凭自己的力量生活得很好,比那个老来怀才不遇的胡秉宸要活得更好。依今人观点论之,只要她们把目光稍稍从胡秉宸身上侧开去,越过一面巴掌山,看看,好男人在路上到处都有,何必为一个负心人而撕扯不休?

然而,不行。她们的青春年华,她们的血与肉,名誉与热忱,都与这个人浇铸在一起了,她们为他付出了太多,她们的青春热情都要被他吸空、淘干殆尽。他总是把自己和她们分别合成一个人,又总是把自己从她们之中的一个身上强力撕开去,撕碎了,撕成两半,再与另一个人拼接,又粘贴成新的一个人,从而重重地伤害另一个。仿佛他喜欢做这样的游戏,从中得到充分的成就感和快感满足。那便是过往年代给男人脑中遗下的"妻妾成群"的后遗症毒瘤。而女人,在一个思想和身躯业已解放了的时代,谁还堪自己的身体总被撕裂?谁堪自己总被左一次右一次撕扯得血肉淋漓?

由此,怎能不生恨?!撕皮捋肉,撕心裂肺的爱,全身心的奉献,毫无保留而付出的爱,全都化成了恨,痛心疾首的恨,无以复加的恨。她们的恨是一条蛇,嘶嘶作响,吐着疯狂的信子,将愤怒的火焰喷向仇家。只要她们的仇家还活着,就构成了她们自己艰苦活下去的力量。这恨直到仇家死的那一日方可泯灭。但仍不能泯灭,因为他的死不足以将情债偿还,却反而将她们自身恨着他、嫖着他的"活着"也一起葬送掉了。构成她们存活的精神支撑登时垮塌,她们也随之满怀失落、惆怅与怨愤地死去。大幕合拢。人世间的一幕情戏方才收场。

女人们啊!

然而这恨,却总显得虚浮,显得不那么真切。因为她发现自己明明还是不能放弃,明明还是不舍。在邂逅往日情人时,她尽量装作冷漠,假意寒暄,假装视而不见。然而在擦肩而过的一刹那,她仍听见自己心里"砰"的一声,竟发现眼角不争气地湿了。这时候她才知道,她嘴里说了多少恨,可她心里蕴满了多少爱啊!她为这种爱而愤懑、羞惭,同时充满自艾自怜。

哀莫大于心死。心中还有恨,就值得庆幸,因为毕竟没有忘怀爱,没像电脑没被装置时那样的白痴傻瓜。假如有了爱,不懂得细细体会和珍惜,像那个白帆和胡秉宸,只把它当成阴谋和手腕,那也是白活得可怜。生而为女人,本身就是不幸,就是苦命。一道凄婉哀怨的母性血缘,便是"我们"共同的来路,天生无法选择;而几许未来明亮的去处,却是可以通过奋争而达到,就像那个果敢的第四代女人婵月一样,说走就走,想爱就爱,命运完全由自己主宰。谁也休想以爱情或其他的名义欺侮、蒙骗、令我疯狂自挂东南枝,我却可以运用六脉神剑大法,想把谁挂在树上就把谁挂在树上。

爱不可怕,恨也不可怕,可怕的是冷漠。是见面假装不相识,是激情、热望、真心的泯灭,是一辈子都难以复苏的生命热忱。那些伟大的作品之所以流传于世、散发永久魅力的原因，正是在于恨。在于说不完道不尽排遣不开宣泄不尽的恨，它将人带入无限形而上的迷思之中，促使我们早日将人类在世的生存疑惧破解。

而没有爱，哪来的恨？

正是爱，提供了一切恨所必需的先验性前提。

超度他罢。就像超度一朵谵妄的花。那样一种男人的水性杨花。

爱情本无所谓善与恶，只有自作自受，心甘情愿。

心、甘、情、愿！！！

1999年3月5日酒后酩酊

叶舟：在地为马，在天如鹰

一、相见

在叶舟诗集《大敦煌》的第137页，夹着一张十年前我顺手搁放的暂充书签的便条，就是宾馆床头柜上搁置的那种常见便笺。那上边的抬头是"敦煌市悬泉宾馆"。便笺底下，压着的是叶舟的诗《青海湖》——"心灵的继承者！这野花沸腾的水面多么宁静"；便笺上边，有我涂抹的零星句子："刀子中的刀子／你是／男人中的男人／王中之王。"用铅笔，也是宾馆床头柜上跟便笺配套的短铅笔。

十年后，为了写这篇叶舟评记，我重新翻阅《大敦煌》，于是乎便与这张古老的便笺不期而遇。纸笺已经发黄，而铅笔字迹仍然清晰。

一折小小的便笺，见证了岁月，也见证了当年，一个文学女青年为一个诗人迷狂的过程。

还是要从这首《青海湖》说起。

"心灵的继承者！这野花沸腾的水面多么宁静。"《青海湖》开篇的诗句，轰然作响！它构成了我跟诗人叶舟的第一次相遇。

1998年秋季，我跟随西南军区的队伍进了一次西藏。有过进藏经历的人都知道，人在高原时，奋力向上，同时又头疼缺氧，生不如死；一旦回到平地，事后的回忆咀嚼里，全是圣洁的唱诵与光荣，很容易犯上"西藏控"。那种高原情结会持续一两年高烧不退。更有甚者，像当年同去西藏的刘醒龙兄，"高原控"一直延续了十几年，一提西藏就大脑缺氧，眼泪汪汪！醒龙兄终于在今年秋天又上去了，上去之后果然激动，含泪发短信，写诗，诉说被高原提升的海拔高度。

在地球的高地，无人处，理想主义者和浪漫主义情怀的人群纷纷萍聚撞击。站得越高，脑袋越大。世界在太阳穴里嗡嗡作响。

我的西藏情结大概也持续了一年之久。回来后疯狂阅读有关西藏的书籍。某一天，在一家小书店的不起眼角落里，发现两本《西藏旅游》杂志，彩色铜版纸印刷，精美漂亮。立刻如获至宝，站在架前翻阅。蓦地，《青海湖》，那些带着海拔、带着高原寒气与凛冽的诗句，咚咚咚撞击我心扉：

心灵的继承者!

这野花沸腾的水面多么宁静。

野蜂凄艳

蝴蝶呼喊

一阵阵高入天堂的狂雪引人入胜。

站在原地,逐字逐句读着,水汽潋滟诗句,写的仿佛不是青海湖,是西藏纳木错,我到过的那个有着海拔4700米高度的高原神湖。

像十万散失的马群——

披挂了精神的经幡。

哦,我内心的气象和海拔

将毁于一旦

——《青海湖》

被这样的句子迎面击毁,痴痴的,呆呆的,一是竟不知今夕何夕,今年何年。高原峥嵘岁月扑面而来。将这两本杂志买下,回到家中,之后做了件更加痴迷的事情:将《青海湖》一字一句抄写,用那种湖蓝色的西湖水印信笺,然后寄给同去西藏的女作家川妮。当时她还在成都军区服役。沉浸在"西藏控"

里的我俩，回来后还时不时互相写个信，回忆一下高原什么的。

川妮很快回信，由衷赞叹：诗人真他娘的伟大！

那个年代、那个岁数的文学女青年的为诗癫狂为人笑，由此可见一斑。

从那时起，就记住了一个叫"叶舟"的诗人。同期杂志还刊了他的另外一首诗《打铁打铁》。这么刚硬又翩翩的诗，一定是个西部那种外部粗糙、内心细腻的大汉吧？或如我们在高原上见到的红脸膛藏族男子？

有机会一定要见一见这个名叫叶舟的诗人。

隔年，机会来了。又有一次跟随北京作家队伍去敦煌旅行。先到兰州，要有一个程式化的两地作家对谈。看到预先发的与会者名单上有"叶舟"两个字，不禁眼前一亮：就要见到写诗者本人了！等到两边人马安定下来坐好，我偷偷打问哪位是叶舟？有人指向对方人群。顺手指方向一看，跟想象中的形象相反，却是一个安静的白脸青年。不像西部汉子，却像古代南方遗留下来的白面书生。

看他瘦削的身材和面庞，暗想：他哪里来的这么大力气，锻造出那么有力量的诗句，胸腔里似乎藏得下雷霆万钧？

轮到要说话时，我说，来到甘肃，与作家都不太认识，就是想见见叶舟,很喜欢他的诗,还曾经抄录下来与朋友共赏。现在终于见上了!我非常高兴……

叶舟接话说:我们在北京见过。

底下人群"轰"的一声笑起来。北京这边小怪话就起来了:瞧瞧,瞧瞧,献媚没献好吧?见过人还装作不认识。

我的脑袋也"嗡"的一声大了,无地自容,赶紧自我解嘲说:是吗?可能是当时人太多,不记得了。人记不住,却能清醒记得住你的诗。

同时,心里却在愤愤:不插话,给人留点面子,会死吗你?!

下会以后,才去握手寒暄,问他:我们什么时候见过?叶舟说,去年,在民族大学旁边,张颐武兄组织的饭局上。

他这样提示,我仍记不得曾经的相见。颐武兄的气场,那叫多么大啊!雄震万里,笼盖八方。有他在场的场合,哪还有别人什么事儿哟!都统统成了蹭饭的蹭会的蹭镜头的,摆设。别人互相记不住,也是应该的。

好在,现实生活当中,叶舟是个随和柔软的人,对朋友很尽心。不一会儿,酒席宴上一喝起来,就把前嫌忘了。

一场指认的笑话,还是让北京方面军取笑揶揄了我一路。

我们的队伍还要继续往西部腹地深处走。临别,叶舟赠我诗集一册:《大敦煌》。

今日我再翻这部诗集时,发现除了有我自己的数处眉批,整个扉页都是空白。竟然连个"请惠存""请指正"字样都没有。

足见当年那个写诗的小子,那个白脸青年,内心何等狂傲、狷介、不羁、怠慢!

那正是他的黄金时代,是他的"十步杀一人,千里不留行"的大胆狂徒、醉鬼和侠客时代——十几年后,李敬泽在《叶舟小说集·序·鸡鸣前大海边》里这样说。

二、《大敦煌》

《大敦煌》就这样碰巧伴随了我的敦煌一路行。既是行游指南,更是精神指北。漫长的路途,翻到哪页读哪页。有时临睡前的小憩时刻,我和同屋的女作家轮换着朗诵他的诗,《敦煌的月光》,《敦煌十四行》,献给常书鸿的《敦煌小夜曲》,献给张承志的《致敬》……

大雪封山,只剩下我和敦煌/于最后一片草原,占山为王。/诗歌的王,女儿敦煌。

——《大敦煌·卷一·歌墟·西北偏北》

哦，当日光渐近／屋梁或玫瑰的传唱：日光渐近——／这悄然的引领，只为青年知道／这神示之上的预支，只为美德听取。

——《致敬》

这些淬火的诗句，撞得人眼睛生疼。简直是要吐血的写法，一口，两口，喷涌，飞溅，喷薄而出，一直抵达命定的高度。

写完这部诗集的人，我想，应该气绝身亡。

有评论为证：颜俊《叶舟诗歌中的速度》，见《大敦煌·附录》。

有关叶舟的词条："七印封严的书卷。／这白脸青年抱紧的药箱：在地为马／在天如鹰。"（《大敦煌·卷一·歌墟》）

果然，在诗人的举念、青春的盛会、祝颂和祷词都已供奉和捐献之后，在新世纪的黎明和曙光里，小说家叶舟开始呈现。俱形。

三、羊群入城

对于诗人叶舟来说，假如，诗是一种攀登、永无止境的上行；那么，小说的下坡路，就是直接通往死亡的。珠峰登顶的人，往往死在下山的途中。

叶舟用写诗的句子，来策划小说，语言仍然凛冽、倨傲，充满内在的紧张和爆发力。他用起承转合的情节，用故事的戏剧性逃脱了注定下山乏力的命运。

《羊群入城》《目击》《两个人的车站》……仍是一片诗歌的阵仗，处处燃烧有《大敦煌》余烬的火光。像一个蓦然闯入的孩子，以自己顽强的逻辑，不肯与生活和解。

到了2006年，他摸到了下山营地，节奏舒缓，平心静气，宣布登顶后的撤离已然成功。评论家雷达这样评介叶舟20余万字的"长篇情感悬疑小说"《案底刺绣》："叶舟是著名诗人，他一旦着迷起小说，这个诗人的主体和小说便出现了一种奇妙的化学反应，并产生了一种奇特的文本。因为，诗人小说家的想象力比一般人的想象力飞翔得更远。诗人的敏感洞烛了小说，对人性的挖掘会产生幽深，诗人灼热的目光面对女性，使女性更加美丽。《案底刺绣》一书，就是小说跨上了诗人想象力的产物。"

作为小说家的叶舟，里里外外，完全是一入世的样子了。在小说的会议上，也常见到他。在《十月》杂志那次笔会上，一见面就看他愁眉苦脸，心事重重，问是怎么回事，说是儿子在学校打架，被老师找上门来。我们一群写小说的不可救药的世俗主义者齐声搓火,说:这有什么!男孩子就该打架!大不了你去代表家长承认错误,给人家赔偿赔礼道歉不就完了嘛!叶舟想了想,好像觉得也对,这才是生活的逻辑。于是眉头舒展,高高兴兴跟我们喝酒去了。

2010年,叶舟的中篇小说《姓黄的河流》,写出了类同《大敦煌》的雄厚气象。在杂志上读过之后,我立即给他发去短信,赞这是一部中国版的《朗读者》。当然,也许他自己并不愿意这样被比附。

《姓黄的河流》是他十年下山,十年磨砺,励精图治、肝胆相照之作。他已经技巧圆熟,指挥调动有力,想象力丰沛,对母语遣词造句有讲究,自如地将跨文化情境、悬疑色彩、诡异情节……这些好小说里该有的元素都运用起来,构建了属于他自己的一个"文化论"的王国。

在地为马、在天如鹰的诗人!

这一地鸡毛、醉生梦死的小说时刻,

可还记得,

那野花沸腾的水面,

曾经多么的宁静?

2010年10月24日于北京

辑四 云游天下

沈阳的美丽与哀愁

临近四月底,火车又一次提速,D字头动力车组始发。友人向我打探去沈阳的路径,说提速以后,从北京4个小时便可到达。我却阻止说,不,不要去。若去,就选择冬天。十冬腊月,火车喷吐着白烟儿,一路呼啸,出了山海关,但见雪野茫茫,一望无尽的东北大平原,端的是养眼!车甫一停稳靠站,左脚迈出车门,"唰——"一股凛冽的寒风,兜头便至,打得人浑身一哆嗦,刹那间衣袖裤脚都被打穿。那是真正来自西伯利亚方向的寒流,那种冷,豪迈、剔透,挟带几许暴虐和郑重,长风刺骨,冰清玉洁。就仿佛陈年的黑方威士忌,要不,就是道格拉斯AK47伏特加,加了冰块,抿一口,唰的一下,如同小刀,无比锋利地在唇边划过,鲜血奔涌。痛和快感倾巢而出!刹那间,脑子醒了!浑身的细胞都被激醒了!

这就是沈阳,你出关之后的第一口烈酒。狂放,野性。然而,一旦你压得住它,又无比驯顺,伏帖。这个东经122度、北纬41度的北温带边城,几乎有半年时间都包裹在漫漫冬季里。春天只是冬天呼出的一口清气，夏秋是它从一个冬天奔赴另一个冬天之间的短暂休歇，几乎毫无特色。被南国溽热和京城暖冬给折磨得一筹莫展的人们，却可以在沈阳寒冷的冰雪中去紧紧筋骨，带回一身神清气爽的北国阳光。

一朝发祥地，两代帝王城。沈阳的城郭之中到处布满蛮横和雄性荷尔蒙气息，即使是在冰封的冬季，那种气味也一样醇厚、酣酽，浓得化不开。凛凛朔风中，袖着手，低着头，将脸深深埋进大衣领子内，哈气成霜地沿着雪松排列的方向，避开热气腾腾的白肉血肠、李连贵熏肉大饼、老边饺子、老龙口包谷烧的熏香迷障，一抬头，眼前蓦地腾起红墙绿瓦、金色琉璃镶嵌成的华美宫阙！那就是沈阳故宫，一个王朝留下的背影。它记录着努尔哈赤和皇太极女真人长风猎猎铁骑哒哒的剽悍和骁勇，也留有摄政王多尔衮和孝庄皇后辅佐少年天子匡扶社稷的暧昧和机谋。这座采撷了长安、洛阳、开封、金陵几朝汉家宫阙之长的清朝皇家宫殿，满蒙汉建筑风格交杂，几乎是北京故宫的缩微景观和美丽倒影。比之北京故宫的君临天下磅礴气势，它的秀气典雅格局上虽有几分局促，内里却处处透着狂妄和勃勃野心。

出了故宫，不远处，大概也就两站地远眺，耸立一座古罗马廊柱盘绕的巍峨西洋建筑大青楼,周围环绕点点北欧风格红楼群与清王府式样的三进深四合院。那却是另一对著名父子张作霖和张学良的故居——张氏帅府。红彤彤雕梁画栋的四合院里,老帅两次奉直战争的硝烟似犹在,皇姑屯铁路的爆炸声依稀传来。洋气扑鼻的大小青楼,仿佛记录下了少帅东北易帜去国离家的悲壮,举旗助蒋的豪侠,西安事变的枪响,终身囚禁的无奈……千古功臣,天下为公。血与火的洗礼,一次次政治与军事的较量中,似无机心,却不乏机巧。留下的是悲剧,也是悲壮。

从故宫到故居,短短十几分钟路,皇家故宫与帅府故居,古罗马建筑风格与传统四合院建筑,古今中外,历史与现实,在这条小街上奇异地汇合。两对父子,塑造了沈阳的命运和性格:天生梦想,又土又狂,勇猛正直,忠诚豪侠,仗义疏财,成事不足,败事有余,粗鲁颟顸……游牧民族的剽悍与汉族移民后代的匪气交织,无所不能,无所不往,相得益彰,互为消解。

身在沈阳,心系北京。沈阳是北方游牧民族入主中原的最后一座关隘和要塞。沈阳是封疆大吏施展济世情怀的最后一片乐土和泥淖。新中国成立后,作为共和国长子,沈阳服从全国一盘棋，成了重工业煤炭钢铁机械制造基地，半个多世纪以来为全国人民做出了贡献，也意味着牺牲。如今的沈阳几乎成了德国式的鲁尔工业重镇，面临着重新振兴起飞的痛苦艰难。古时所说的盛京八景：天柱排青、辉山晴雪、浑河晚渡、塔湾夕照、柳塘避暑、花泊观莲、皇寺鸣钟、万泉垂钓……早已在几十年大机器的轰鸣中不见踪迹。新的盛京景观：满族溯源地、国际秧歌节、世界园艺博览会、奥运足球分赛场……正纷纷而起。仕子们也知道，风景秀美的棋盘山虽是一盘诱人的残局，其实也是死棋。跳出沈阳，方能满盘皆活。

沈阳老了，早已经老过两千岁；沈阳还年轻，顶多也只能算条中年的汉子，才刚知天命而已，正逢如虎似狼、如日中天的年纪。有谁认为酒会老吗？尤其烈性的，总是老而弥坚、老而醇香。只是有关沈阳这杯酒，需要慢慢品，在第一口上降服住它，接下来的事情就好办了。如同沈阳的小娘们儿，要么草根，生生不息，永远低伏在生物链的最底层，随风而逝，默默都做了衰草牛羊野嚼裹；要么，就是孝庄、赵四一类人物，治大国如烹小鲜，辅佐朝廷如管孙子，把男人和国家的运命尽皆把握于股掌之中……呜呼噫嘘哉！沈阳这口酒，也还算喝得惬意吧？

2007年5月15日于北京以北

扬州：一城春水，二分明月，三月烟花

这是我第三次到扬州。前两次，都极好，大概十多年前吧，是在阳历四月，古语里说的"烟花三月"的季候。瘦西湖春情荡漾，桃红柳绿，烟波画舫；二十四桥婉转迤逦，香腮星眸，明月皎皎。桨声灯影，粉拳儿把纶巾调弄；画眉声残，吹箫人衔玉吞金。扬州，青楼梦好，水光潋滟休闲处。难怪古时候某某人，要多情惆怅"十年一觉扬州梦"。

这一次，却来得晚了些，也不过是晚了一个月左右，在五月上旬。扬州却大变了模样，全然没有了以前的情致——不为别的，却只因为那热。夏季江南的溽热和酷暑，"唰"的一下，劈头盖脸砸来，猝不及防的，火辣辣，黏稠稠，与前一日的阴雨冷脸形成大对比。顶着大太阳，罩着北方春天的长衫，大汗淋漓辗转在瘦西湖徐园二十四桥风景区，对扬州的夏天便有了领教。这时的瘦西湖，水波不兴，暗流凝滞，两岸的姹紫嫣红，也只剩一派妆粉凋谢的淮扬残风。人便只想躲，只想逃，说是吃早茶嘛，泡晚汤嘛，其实是只想打发掉这难忍的白昼，尽快进入夜晚——那驿动的、风凉的、被月色笼罩的声色犬马的狂欢之暗。

突然间明白了，扬州，说到底，只是春水与杨花的发情物，如同本地那道茶叶的名字"绿杨春"；扬州，也是赤裸裸的月光的遗腹子，没有往世，不问来生，只有现世广大温暖的暧昧和情欲，在暗夜里闪闪发光，层层叠叠。

扬州，这个位于北纬32°15′、属北亚热带季风性气候的地区，天然只为春天而准备的。她稍纵即逝的美，让人在一个季节里怀春、发春，然后在另外三个季节里悲悼与追怀；扬州，也只为月色而准备，让人在白天里蛰伏不动，早上皮包水，晚上水包皮，洗沐一新的情欲在夜晚的笙箫乐舞里觥筹交会。

扬州是人的乐园，由人亲手搭起的一个大游乐场。人工开凿大运河，形成码头，商埠往来，征地拆迁后的农民住进连片新农村经济适用房。他们弃农经商，从事手工制造业和服务业，一座市民的城市兴起。市井的故事到处流传。皇帝南巡驾幸，于是水路开凿装点得繁花似锦。官人和有钱人带着巨款来了，圈地皮，建别墅，于是私家园林诞生。还有那些南来北往的过客，需要打尖吃饭消遣消费，于是花团锦簇的娱乐场所开盘，二十四桥胜过天上人间。

回溯着一座有着2000多年历史的繁华古城的过往时，却觉往事并不如烟，仿佛述说着当今南中国任何一个蓬勃发展打造快速GDP增长的火热城市。历史总是这样循环往复，转世轮回。

感谢那些在扬州造园的有文化的人和古往今来的诗人们吧！扬州，如果没有了那些存留在大地上的建筑，那些熠熠生辉的园林：徐园、个园、何园、二十四桥；如果没有了诗，那些伟大的诗人的千古赞颂和慨叹的优美诗篇，扬州，又该是怎样？扬州，又将如何得名？

诗与建筑，让扬州不一样。是建筑——这大地上凝固的诗，和诗歌——宇宙间这流动的建筑，让扬州诗意起来，飞扬起来，灵动起来，充满浪漫、神秘，进而曼妙璀璨。

五月骄阳炙烤大地之时，躲进小楼，沏一杯绿得醉人的"绿杨春"，揽一册赞美扬州的诗卷仔细把玩。诗里的扬州，仿佛比真实的扬州更立体，更具象，更优柔，更清丽。因为它灌注有人的气息，有一脉相承的历史文化积淀在里边。扬州于是活了，在史册里，在诗里，清静，幽凉，盖过了眼前热气腾腾的景象。

且看——

"青山隐隐水迢迢，秋尽江南草未凋。二十四桥明月夜，玉人何处教吹箫？"（杜牧《寄扬州韩绰判官》）这说的是秋天的扬州。"二十四桥明月夜"，从此给后人定了调子。

"春江潮水连海平，海上明月共潮生。滟滟随波千万里，何处春江无月明？"（张若虚《春江花月夜》）这是扬州的春天。

"萧娘脸薄难胜泪，桃叶眉长易觉愁。天下三分明月夜，二分无赖是扬州。"（徐凝《忆扬州》）"无赖"二字最好！

"淮左名都，竹西佳处，解鞍少驻初程。过春风十里，尽荠麦青青。自胡马窥江去后，废池乔木，犹厌言兵。渐黄昏、清角吹寒，都在空城。杜郎俊赏，算而今、重到须惊。纵豆蔻词工，青楼梦好，难赋深情。二十四桥仍在，波心荡，冷月无声。念桥边红药，年年知为谁生。"（姜夔《扬州慢》）又是二十四桥，写扬州，"二十四桥"越不过，用典必不可少。

"墨云拖雨过西楼。水东流。晚烟收。柳外残阳，回照动帘钩。今夜巫山真个好,花未落,酒新篘。美人微笑转星眸。月花羞。捧金瓯。歌扇萦风,吹散一春愁。试问江南诸伴侣,谁似我,醉扬州。"(苏轼《江城子》)。

最后,还得是苏轼,不愧为一代大文豪!"谁似我,醉扬州",最好!

谁似我,醉扬州?

2011年6月22日于北京以北

澳门的云淡风轻

晚到澳门许多年。

已经是新世纪的第十三个年头了。2013年，早春时节，我才有幸到澳门。此时，离1999年的澳门回归已经有14年，离2005年澳门"申遗"成功也已过去了8年，离16世纪葡萄牙人上岛并逐步侵占澳门更有400多年了。沧海桑田，时空飞转，多少岁月都已封入历史。澳门，你今天要呈现给世人的，会是什么呢？

下榻在澳门渔人码头。急急卸去北京臃肿的冬装，换一身春天装扮，站在观景阳台上举目远眺。皓月当空，水波潋滟，南中国海温润的春意扑面而来，风中似乎有桂树和兰花的香气。远处，一幢高大建筑上几个金色大字在江水里映出几团金块的倒影，另一幢则更像是金色的游轮夜泊于江中。跨江大桥上的一串串橘黄色灯火扇面状荡漾开去，勾勒出桥身清晰的轮廓，宛若一道彩虹横跨珠海澳门两岸。大地阒寂，万物内敛。夜晚的澳门，一点也看不出臆想中的偾张，却处处盈满画意与诗情。"滟滟随波千万里,何处春江无月明","江流宛转绕芳甸,月照花林皆似霰"。这是澳门自己的春江花月夜,它不是怀离人,悼时空,而是歌盛世,咏太平。

当一轮旭日升起,澳门又换了新姿,呈现出另一种美妙。早上起来再到阳台观望,顿觉眼前明净疏朗。从持续20多天的北京雾霾里走来,走到现在,澳门明亮的阳光下,眼睛就仿佛被撕去一层翳子,"唰"地就亮了。

全世界都跟着亮了!

风和日丽,云淡风轻。澳门在2013年的南中国海端,呈现一派明媚疏朗的天青色。那是人间烟火春常在的颜色,自由,自在,仪态万千,落落大方。热情好客的主人领我们徒步"澳门世遗城区",东方基金会会址、基督教墓地、圣安多尼教堂、哪吒庙、大三巴、大炮台、耶稣会纪念广场、大堂、玫瑰堂、议事亭前地、民政总署大楼……这些保存完好的历史建筑群,巴洛克与阿拉伯风格杂糅,哥特式建筑与庙宇大屋顶相交,在阳光的拥拂揽照里熠熠生辉。走遍世界各地,看过各个国家的建筑精粹,再来看澳门的各族群建筑大集聚,虽不会叹为观止,却也会感慨澳门的"兼收并蓄"。

令人感慨的是这个"世遗城区"所映照出的本地人的历史观。他们对自己的历史有一种充满温情的回望姿态,别也是依依惜别。反观一些城市，有的也身为历史文化名城，却是义无反顾的，大步向前的，破旧立新的，整个建筑是前瞻的，像一个脚上蒙着征尘的疲惫旅人，风尘仆仆一头撞向21世纪的钢筋玻璃幕墙。或许因为我们曾经落后太多，所以有着奋起直追瞻前不顾后的焦灼。

在天青色的云淡风轻里，又接着走向妈阁庙、亚婆井前地、郑家大屋、路环市区、氹仔市区、官也街。看到一幢幢传统的汉屋，令人顿生亲切之感，恍然发觉这里原先住着的就是自家的"借壁儿"（邻居）。盈盈一水间，迢迢共潮生。有了这些地标式纪念物，澳门人就明晰了自己的来处和往生。他们不会改变中华民族身份的认同，也不会割断与母体文化的联系。

犹记1999年，澳门回归祖国那个难忘的日子，举世瞩目的交接仪式，在澳门新口岸刚刚建成的澳门文化中心花园馆隆重举行。深夜，北京城里每个关心国家大事的市民都在观看电视直播，并为之振奋与激动。那时的我也是其中一员，不仅流着眼泪看完了电视直播，而且彻夜未眠。不仅仅是因为澳门回归的激动，就在同一天，我也正面临着人生的变动。历史往往是很奇妙的。家国情怀与个人记忆，有时往往会以一种意想不到的方式交融到一起，让人刻骨铭心，终生难忘。所以,澳门和澳门回归之日,之于我,都添了一份别样的意义。这十几年来有许多次机会都可以到澳门,我却都躲着,绕着,仿佛是抗拒与一段历史相会。

直到等来它的云淡风轻,直到等来我自己的云淡风轻。我才敢走来见澳门。我才敢走进澳门。

哦,澳门!

谁说这里只是面积不过32.8平方公里的弹丸之地?谁说即便是填海扩充之后,它的面积也比不上北京的一个回龙观社区?它贯通中西的建筑文化如此深广,不是用平方米可以计算,不是用脚步可以轻易丈量得完。譬如,说它是历史建筑博物馆,完全是实至名归,已经有了"世遗城区"可以佐证;说它是"新式中西合璧建筑聚集地",肯定也不为过。徜徉街头,看着一座座拔地而起、富丽堂皇的建筑,不禁要为之叹服。澳门后来居上,精心养育了当地的建筑文化,使其蔚为大观。我对着各式各样不重复的建筑外观产生了兴趣,一路走来流连难舍。那是浅粉红一面瓦式的,这是伦敦雾似的,还有如水滴石穿形的……建筑,把人对财富的渴望,人心的无止境的悸动、贪婪,都一眼看穿。而人们在能望穿自己心事的建筑面前,却反而变得服气,散淡。人和建筑就这样互相说服,形成了澳门的独特气质。

此方的夜晚，香风扑面。古街小巷里的一个个手信店和鱼丸粥店是不能不进去的。主人们都不紧不慢笑脸相迎，有礼有信地做着古老的生意。此方的白天，安闲如是。商业街上一个个免税首饰店、时装店、化妆品店也是不能不去的。这些时刻的澳门，是惬意，是休闲，是不着急不着慌的"慢"生活，是《英雄》和《命运》过后的一曲《田园》。

澳门是人间的春光灿烂。如诗人所说，面朝大海，春暖花开。

2013年10月17日于北京以北

问世间情为何物
——鄞州梁祝文化公园记

一

世上所有能流传下来的爱情都是悲剧。如《孟姜女》,如《牛郎织女》,如《白蛇传》,如《梁山伯与祝英台》。这样的爱情,必须凄婉,必须缠绵,必须幽怨,必须刚烈,必须决绝。必须阴阳相隔,必须天人永诀。必须有情人不能成眷属,必须相思魂堪可为仙伴。

若非如此,便没了艺术,没了文学,没了画梦与解痴,没了爱情毒药与仙丹,没了悲戚,没了伤怀,没了惊惧和眼泪,没了他人爱情盲肠照见自己柴米油盐嗝屁人生的安逸和荒凉。

四月。宁波。鄞州古道。梁祝文化公园。昨儿是莺飞草长,今儿又细雨霏霏。黏稠酥润的牛毛细雨,暗暗地把地皮打湿,把叶子润绿,执拗地协奏一弦《梁祝》衷曲。撑着油伞,踏上通往瞻仰梁祝生平的青石小路。如此的天光,晦暗清丽的园林,雨在枝头吱吱作响。一曲终了,有点低回,有点惆怅,有点幽咽,有点暗沉,甚至有点去意横生的意思了。

还好,早已预备下冲喜的东西!毕竟这里叫作"爱情主题文化园",而不是"殉情主题文化园"嘛!踩着一地的湿滑拾级而上,甫一进山门,先就被矗立于前的楼台高的大红3D"囍"字震慑住了!那一对红彤彤的双囍大字,比人高、比景深,够也够不着,抱也抱不拢!红双囍雕塑在雨地里分外红艳,彤光闪闪,真可谓先声夺人,分外豪迈。两边厢,古色古香的售票处和旅游品小卖部的门楣下,也都拂拂然垂挂着红囍帐。正面,飞檐翘角的仿古建山门下,悬挂着串串大红灯笼和鲜艳的红帷帐。只看现场,会以为这是一个婚庆典礼的舞台,而不是一个公园的大门口。整体舞美造型欢快、喜兴,深得"爱情文化园"之味。再看地面,青石槽里耸起棵棵腰围硕大枝丫繁茂的榆木,枝头都是新芽萌生,嫩绿芬芳。粗壮的树木腰间,都围着金光闪闪的金箔护裙,像是从庙里走来的一尊尊护法金刚。一时间,天地间,园林前,大片大片的红、大朵大朵的绿、大块大块的金,三色相杂相交,道尽人间喜悦和春色!一切都是那么先声夺人的强劲而嚣张。谁再说梁祝爱情是悲剧,鄞州人民就要跟他急!

二

不到园林,哪知春色如许!有了这喜庆基调垫底,即使是天公降雨、霜打雷劈,也休想抵挡得住人民群众参拜梁祝坚贞爱情的渴望!推开大门,进入占地300余亩、已然开放十多年的园子,果真如那艳词妙曲里唱的"碧草青青花盛开,彩蝶双双久徘徊",每一处搭景都仿佛天然自在,每一笔人工设计都妙不可言!

园子完全按江南园林风格打造,飞檐起脊、华丽大屋顶的仿古建筑错落其间,亭台楼阁,朱栏回廊,假山水榭,书院庄园,花影树荫,无不迷人。如果仅只是这样,它还算不上有特点,人们完全可以到苏州扬州去看原版古典园林风貌,而不必看这个诞生才十来年的现代公园。梁祝文化园与别家园林不同之处,在于它有故事!它的旅游景点和路线,完全按照梁祝民间传说故事的情节来打造和编排。只要一脚踏进去,就进入了故事中,每个女人都是活的祝英台,每个男人都是鲜的梁山伯。整个园林就是一个大舞台,人在景中游,景在戏中走。

先要相识吧!人生若只如初见,何事秋风悲画扇?一对恋人,只有懵懂相识尚未确定关系前的那一段是最有趣最难忘的。于是就搭起了"草桥相识"景点,梁祝二人各自求学路上在这里巧遇、初见;然后就要相知吧!自然要有同窗共读整三载的"万松书院";之后就是小别,进入最最悠长浪漫的梁祝"十八里相送"桥段;再然后就是重逢,姚江畔的祝家庄,两人再见,梁生得知祝女已订婚许配马家,悲剧已然掀开一角;最后就是尾声:楼台永诀、探墓殉情、彩虹飞蝶、蝶恋永伴……

若说,青年男子谁个不善钟情?妙龄女人哪位不善怀春?这本是人性中的至洁至纯,为什么从中还有惨痛飞迸?——少年维特的烦恼,也是环球人类在青春叛逆求偶期的广泛烦恼。原因不出两条:若不是制度设置不合理,就是男人不小心爱上别人妻。

好了。故事层层递进,游人移步换景。看这边乱花渐欲迷人眼,望那里儿女情长云脚低。看这边早莺争树燕啄泥,望那里彩虹飞蝶成仙侣。这边厢二月兰开得正好,那边厢红杜鹃春意且闹。这边厢茂林修竹读书院,那边厢茶果飘香结金兰。这边厢仰梁公庙檀香缭绕,那边厢望祝家庄雨打芭蕉。

你看它这园中景致设计多么精心巧妙!比如"十八里相送到长亭",大道通衢,且又曲径通幽,缠缠绕绕,曲里拐弯,走也走不完,似乎真有绵延十八里。其中梁祝故事中每一个细节都有体现：十八里路上遇见的樵夫、牡丹芍药园、湖面鸳鸯、雌雄大白鹅、独木桥、"映双"井、观音堂、笨死牛，以及终点站的长亭，都是一比一的比例，按时间顺序一一搭建呈现。

十八里相送漫步途中，英台小姐利用路上种种物象，来向山伯那个呆子暗送秋波，暗示自家的女儿身和满腔爱："见到那山上樵夫在砍柴，就问山伯兄他为哪个把柴打？"山伯回答："他为妻子把柴打，我为贤弟送下山。"回答的并不是英台姑娘想要的答案。

见到牡丹与芍药，祝英台又提示他："我家有枝好牡丹，梁兄要摘也不难。"梁傻子回答："你家牡丹虽然好，路远迢迢摘不来。"

见到湖面鸳鸯成双对，祝英台复又提示他："英台若是红妆女，梁兄你愿不愿意配鸳鸯？"梁傻子答："可惜你英台不是女红妆。"

迎面来了群大白鹅，英台说："雄的前面走，雌的后边叫哥哥。"可怜梁兄没听懂，气得英台说他"呆头鹅"。

两人来到独木桥，英台说："你我好比牛郎织女渡鹊桥。"梁兄摇头笑她痴。

前方出现一口井，二人俯身来照影。英台说："井底两个影，一男一女笑盈盈。"梁兄那个呆子说："明明两个男子汉，贤弟你怎能说我是女儿身？"

前边又现观音堂，英台拉着梁兄要拜堂："观音大士来做媒，你我双双来拜堂。"梁兄说："两个男人怎好拜堂？"

草地横卧两头牛，犹如恩爱夫妻在小憩。英台把这样的幸福来憧憬，可惜梁兄还是听不懂。气得英台说："对牛弹琴牛不懂，梁兄你简直笨死牛。"傻子一听，生气了，想拂袖而去，英台赶忙道歉给拽住。

最后终于到达终点站长亭。祝英台一路十八里地都没唤醒那个傻梁兄。实在没办法，前途无路了，只好告诉他说，自己家里有个小九妹，择日可以介绍给梁兄成婚配——姑娘这才埋下伏笔，引逗着日后梁兄能到祝府上再相会。

这些情节，都是小时候在越剧电影《梁山伯与祝英台》里看过的，听那咿咿呀呀的唱词，从袁雪芬、范瑞娟口里唱出，分外柔情、分外甜糯，衬托着最后的悲剧结尾更悲，更苦，更凄切。如今，这些话从梁祝文化园现场的小导游嘴里一段一段地说出来，却增加了几分欢乐、谐谑色彩。置身园中，倒觉得是把电影里的布景搬到现实中来，把电影里的场景复活了。梁祝文化园就仿佛是立在鄞州大地上的一部真实的《梁祝》电影，彩色宽银幕电影，3D大片。

三

鄞州打造梁祝文化园,是巧用本地资源,而非浪得虚名或凭空捏造。梁祝文化园的原址,是东晋时的鄞州县令梁山伯的墓和梁山伯庙。当年的梁县令勤政廉洁,因治理姚江而积劳成疾,死后葬在鄞州高桥的九龙墟。百姓感念他仁慈厚德,遂于东晋晋安元年建起梁圣君庙。这是全国唯一的梁山伯庙,梁祝爱情故事也由此而起。梁山伯做县令,发生在他从祝家庄与英台再次相会、没能迎娶上祝英台之后。得知英台已经奉父母之命媒妁之言,许配给阀阅门第的马文才后,平民子弟梁山伯自知竞争不过,只好无奈而返,从此郁郁寡欢。梁山伯返乡后在鄞县当上县令,他将精力全用在主理政务勤勉治水上,很得老百姓欢迎和称赞。但是,爱情的失意还是给他无比的痛创,没出多久就抑郁病亡。

以上事实还有史料依据,而后来的故事,就有点狐仙味道了,纯粹是民间的美好想象和神传。话说梁山伯去世一年后,祝英台出嫁经过梁山伯的坟墓,下轿到墓前祭拜,直至坟墓塌陷裂开,祝英台投入坟中,其后坟中冒出彩蝶双双翩飞。"乙亥,暮春丙子,祝适马氏,乘流西来……骇问篙师。指曰:'无他,乃山伯梁令之新冢,得非怪欤?'英台遂临冢奠,哀恸,地裂而埋葬焉。从者惊引其裙,风裂若云飞,至董溪西屿而坠之。"(《义忠王庙记》,明州知府李茂诚撰。)

在梁祝合冢墓地前,有现代人给立起高大精饰云朵浮雕的水泥牌坊,上撰一联,上联曰:同学兼同穴千秋义气谁堪侣;下联是:殉身不殉情一片烈心独自追。似乎,比起这桩情事所寓意的古典情怀来,这副对联的意思有点那啥……但不管怎么说,这块墓地是这片梁祝文化园的缘起和奠基石。没有它,一切就显得不扎实,不硬气。

记得当年的越剧电影,最后演到这个桥段时,舞台上天崩地裂,电闪雷鸣。一道白光,直将梁山伯坟墓裂开,祝英台勇猛投坟自尽。直让人看得触目惊心,泪眼婆娑!那袁雪芬,衣袂飘飘,临别前哀哀哭唱道:

> 不见梁兄啊见坟碑,
>
> 呼天抢地哭号啕。
>
> 楼台一别成千古,
>
> 人世无缘同到老。
>
> 梁兄啊——

实指望天从人愿成佳偶,

谁知晓,喜鹊未叫乌鸦叫。

实指望你笙箫管笛来迎娶,

谁知晓,未到银河就断鹊桥。

实指望,大红花轿到你家,

谁知晓,白衣素服来祭悼。

梁兄啊——

不能同生求同死。

唱毕,英台挣断丫鬟拉扯,疾步奔向坟墓。狂风起,英台一头扎入坟墓中。墓合。彩蝶双双从坟中出,翩飞。

"楼台一别恨如海,泪染双翅身化彩蝶,翩翩花丛来。历尽磨难真情在,天长地久不分开。"现代词作者阎肃,和着小提琴协奏曲《梁祝》填的这首《化蝶》,也朗朗上口,道尽了别离之苦。

情爱之中的"爱不得"和"爱别离"已然能牵人入至臻至美之境,"死同穴"和"共化蝶",则打开通往来世之门,已然是宗教的境界了。

游园惊梦。走出梁祝文化园,思绪却仍沉浸在千年的悲剧中。问世间情为何物?直教人以生死相许!艺术是什么?

梦是什么？爱情又是什么呢？有时，它就像，夜路上的剪径，在我们于灯红酒绿中醉意趔趄时，蓦地蹿出，惊散刚刚的迷失，乘势夺走我们的眼泪和悲怀。

2013年5月14日于北京以北

穿越撒哈拉

蓝色博斯普鲁斯海峡

明明是去埃及,却不得不转道土耳其。

土耳其,"土"而"奇"。风的气味里,混合着亚洲牛羊的腥膻和欧洲咖啡香水的愠羝。

从北京到开罗没有直航(一说是开辟了一段时间直航,因为双方人员来往不多、运营亏损复又关闭),我们这一行人只好深夜11点从北京出发,乘土航TK21次航班,经过漫长的十几个小时的飞行,先期到达土耳其的伊斯坦布尔。

由于时差的关系,在天上丢了6个小时。到达伊斯坦布尔时恰巧是那里的凌晨,天光放亮。

凌晨,已经是人这个物种可以自由出巡的时间。简单的洗漱,在旅馆里吃早餐,听见外面似乎涛声阵阵,风声萦响。于是,找出行囊中所有能穿的厚衣披挂在身,然后出门。

三月的伊斯坦布尔,仍然是风寒料峭,冷意袭人。草尚未绿,树枝仍然枯着。尽管这里比北京高不出几个纬度,但从地中海方面刮来的坚硬的海风,也令人感到薄衫尽透,浑身瑟瑟。

伊斯坦布尔,这个被蓝色博斯普鲁斯海峡一剑劈开的城市,一半在亚洲,一半在欧洲。我们下榻的旅馆位于亚洲部分,而要去参观的地方,多半却在欧洲板块。

从欧亚大陆桥上跨海而过。放眼望去,满目都是欧洲风情。宁静的街道和小巷,灰色的小旅馆,高大的巴洛克房屋,行人一副副风衣仔裤的欧洲穿戴……一切都令人以为是到了欧洲的某个小城。

不同于纯粹欧洲的,是远处海岬一片片东西方宗教文化混融杂交的宏伟景致:灰色的埃及方尖碑的塔尖刺破苍穹,蓝色的清真寺的圆顶矗立在天幕之下;红墙尖顶的圣索菲亚大教堂磅礴而立,华贵显赫的多尔马巴赫切王宫金碧辉煌。

站在这处属于欧洲的板块上,土耳其,也仍然是土耳其。

它繁华的街市是从一个一个铺子的开门卸板声中,以一个个亚洲的方式醒来的:

街头卖面包早点的出摊了,小贩们推着像北京的卖煎饼果子的摊一样的倒骑驴手推车,玻璃罩子里是烤得金黄金黄、油滋滋鲜嫩嫩的小面包。土耳其卷毛小孩过来,买上一个,边走边吃,咬一口,"咕吱"一声,香气四溢。

卖牛肉的铺子也开门了。刚刚去逝的老牛身体倒挂在一排排铁钩子上,大头前倾,后腿朝上,鲜嫩的红红的肉色翻卷在外。旁边一个壮汉提刀而立,面对街道,目含微笑。

卖水果的将门脸打开,将整架子鲜果端出门来,柑橘甜橙、香蕉苹果,红黄橙绿,鲜艳夺目。

广场中心繁华地带的鲜花铺子也开门迎客,一盆盆、一捆捆郁金香当街一圈儿摆放,刹那间,金黄、橙红、香槟、朱槿、碧绿……姹紫嫣红的颜色洒了一地,好不热闹。最奇特的是一束束黑色郁金香,黑得乌油油,像乌金。

原来郁金香是他们这里的特产。斑斓绚丽的色彩赛过全世界郁金香颜色的总和。

一个个土耳其时髦男女在大街上行色匆匆,脚步卷起地上的枯枝残柳。

男子们几乎个个高大,面白,深眉阔目,连鬓胡须,俊美洁净。

原以为只有土耳其小伙儿伊尔罕——就是那个在2002世界杯上大出风头的、扎小辫的土耳其足球队的前锋,才能够算作美男。到了伊斯坦布尔来一看,才知,原来这里简直美男遍地!

就连面包铺里那个忙着切点心的络腮胡须的老板,也极其悦目养眼。

（徐小斌还问前来陪伴我们的苏珊：伊尔罕这会儿在不在？苏珊说，他去日本踢球了。小斌笑说：坤儿，你的偶像见不上了。旁人道，那么你的偶像是谁？小斌道，是巴拉克，硬派小生。说着，"啪"地做了一个专业射门动作。）

街头上的女子们也身段高挑，肤色白皙，鼻直唇红，极其美艳。她们黑色和亚麻色的亮丽秀发在风中自豪地飘舞，极少有像阿拉伯妇女那样蒙头巾的。穿着也跟巴黎和柏林街头女郎毫无二致，皮衣短裙，极其时髦的流行装束。

如此美景良辰，令人心生疑惑——这些女人，还算不算作伊斯兰世界妇女？

原来，早在1926年，这个也属于伊斯兰国家的土耳其，就已颁布民法，宣布妇女不再戴面纱、穿长袍，同时废除一夫多妻制和宗教婚姻，女子获得与男子同样的受教育权、离婚权、子女监护权、财产继承权。四年之后，土耳其妇女又获得选举权和被选举权。

而中国妇女获得以上法定的权利，还是在1949年以后。足足比人家晚了20多年。

即便是欧洲的法国妇女，也落后于土耳其十年以后才得权。

惭愧!

接待我们的美丽窈窕的苏珊小姐,高扬着一头冷烫过的微微卷曲的亚麻色秀发,怀着无限敬爱和崇拜之心,张口闭口就要提起他们的国父凯末尔,就像我们提起伟大领袖毛主席。

正是他们的国父凯末尔,让土耳其的妇女"翻身农奴把歌儿唱";也正是国父凯末尔,从1923年创立土耳其共和国时起,就开始坚定不移地实行"脱亚入欧"政策,让他们赢得了今天的这些骄人业绩。

这个国土面积97%位于亚洲的国家,有95%的国民信仰伊斯兰教,但他们仍然把自己当作欧洲国家。

最典型的例子:我们脚下的这块伊斯坦布尔,既是历史上东罗马帝国的首都,也是其后奥斯曼帝国的首都。欧洲文明和伊斯兰文明汇聚于此,都留下了众多文化遗迹。伊斯坦布尔早就被列入欧洲文化名城。

而欧洲人,似乎并不把他们完全当作自己人。

那年我在德国柏林街头路遇塞车,对面一辆不遵守交规惹祸的车里人声鼎沸,闹闹哄哄。为我们开车的德国学者萨宾娜语气里带着轻蔑,说:那是土耳其人,他们很多人移民德国,街头卖香肠和面包圈的都是他们。

欧盟国家也把他们当外人看待,对于他们的"入伙"要求,一直持审慎犹疑态度。

土耳其1963年成为欧共体联系国,1987年正式提出加入欧共体申请。40年来,它锲而不舍地要求加入欧盟,不曾停止过。也一直被为难着。

2004年12月,欧盟委员会还将就土耳其人权和政治改革进度专门进行过一次讨论。结果很难料定。

尽管如此,土耳其仍以自己是"欧洲"而感自豪。他们虽不说自己是"欧洲人",但每每强调自己是"突厥的后代",以示跟伊斯兰世界的阿拉伯人有所区别。

苏珊就是一个典型。苏珊穿着小羊皮衣,苹果蓝牛仔裤,用她在中国吉林大学学的一口流利汉语,无限自豪地说:我们的祖先是突厥人。

这个突厥人的后代聚居着的城市,有着跟北京同样庞大数目的人口——1300万。然而,它却比北京要干净整洁得多,温暖明丽得多,也富丽堂皇得多。

在欧洲这部分的苏丹阿赫迈特广场周围,几大著名文化古迹汇聚:从古埃及来的迪克利方尖碑,从古希腊运来的蛇形青铜柱,奥斯曼帝国的蓝色清真寺,拜占庭时代的圣索菲亚大教堂。

坐落在博斯普鲁斯海峡南口的老王宫托普卡珀宫,住过奥斯曼帝国开国以后的25位苏丹。里面有无数古代珍宝，雕栏玉砌，雍容华贵，可与我们的紫禁城故宫相媲美。

位于博斯普鲁斯海峡西岸的新王宫多尔马巴赫切王宫，其豪华程度无可比拟。它铺金嵌银，极尽奢华，将罗浮宫和白金汉宫与当地风格结合在一起，气度恢弘。这里住过奥斯曼帝国最后6位苏丹。

还有那个亚洲著名的大"巴扎"卡帕勒商场，土耳其最真和最假的金银珠宝、地毯、皮货、手工艺品，一应俱全。来自世界各地的游客（也包括我们）在此流连忘返，又无一不是兴致勃勃，满载而归。

极目远眺，博斯普鲁斯海峡碧水荡漾，欧亚大陆桥纵伸向远方。

真是一个文化包容、兼收并蓄的城市。

伊斯坦布尔，让人眼花缭乱。

金字塔

深夜登机。从伊斯坦布尔乘飞机进入埃及首都开罗，到达时又是凌晨。带着满眼消化不良的盛宴美景，一出机舱门，黄沙迷雾迎面而至。

开罗。灰蒙蒙的开罗，阴不见底的开罗。这个有着1500

多万人口的城市,房屋低矮。交通堵塞。小汽车、公交车、小巴、出租车、有轨电车、摩托车和自行车、马车、驴车,共同在道路上抢行强超。身穿长袍、头巾蒙面的妇女,皮肤黝黑的阿拉伯男子,至今仍有百万外来人口居住在坟地的开罗老城……

似乎是一座还未从古代里走出来的城市。我们仿佛一个踉跄,就跌进了时空隧道。从极尽繁华豪奢、色彩绚烂的现代,一下子进入漫长幽暗、深不见底的古代。灰蒙蒙的古代。阴沉沉的古代。

而且,还在不停地跌,一直向时间的纵深处纵深处、没完没了无穷无尽地跌。

晕眩。

回想伊斯坦布尔,就像一个壮年、英俊的汉子,有着白皙的皮肤和修整洁净的胡茬,英姿勃发,雄气四溢。满眼都是性感动人的魅力。

开罗,则完全是一个老人,佝偻着身体,哮喘、咳嗽,在灰蒙蒙的沙漠落日之间,步履蹒跚。

需沿时光隧道艰难上溯,才能寻得它人瑞的光辉。

走进开罗国家博物馆,果然!扑面而来的古代荣耀,让我们立时涌起尊敬和膜拜!对埃及老人俯首称臣!

古人类智慧的典藏，似乎全密集于此：皇帝金棺，法老的木乃伊，金宝座，国王的金面具，巨幅雕像，高大的廊柱，不朽的石碑，奢华的墓葬品……

这些金的银的，极尽豪奢的古代珍宝，也仅只是打开了古老埃及文明的第一页。更伟大的，还在后头。

就要去朝拜金字塔。一时间，心竟有点咚咚跳得厉害。

车轮一点一点碾过开罗堵塞的街道。越过鳞次栉比的低矮楼房的缝隙，偶尔会瞥见最大的一座胡夫金字塔的塔尖。

原来，它离开罗城区的距离如此之近。

车走得越近，心跳得就愈发厉害。也有点惶惑：怎么竟走到这里来了？！

金字塔它既不在我的人生版图上，也不在我的拜谒方向中。它是我连做梦也没想到要来的地方。

如今，竟来了。且越走越近……

蓦地，一片雾霭之下，茫茫沙漠之中，几座巨大的三角形大土堆，漠然地矗立在昏黄的吉萨高地上。

这就是金字塔？！

这吉萨高地上，几座孤立、马上要风化成流沙的巨石堆？！

穿越5000年的时光，这些石头的奇迹，漠然、孤傲地伫立。

这就是那个高达146米、可以容纳相当于827架宽体喷气式飞机体积的胡夫大金字塔？！

这就是史料上记载的那些上百万块、每块平均重2-15吨的石灰石？！

为何在肉眼近距离的凝视之中，竟然打量不出它的千分万分雄奇？！

夕阳落在它斑驳、褐黄色的躯体上，罩出庞大的剪影和轮廓。它表面的石层如此斑驳、破败、沧桑、皲裂，似乎手指轻轻一碰，就会化成齑粉，变成流沙滚滚而下。

金字塔，你这埃及最伟大的荣耀，你这亘古的奇迹！为什么在你面前，我竟像个瞎子，以往虔诚课诵过的你的业绩，竟不能够有效地跟你的实物对读在一起？！

可怜我双眼蒙上了多少世俗的翳子！

可怜我的心已罩上多厚的人间凡尘！

见山不是山，见水不是水。见了金字塔，只看见几座三角形大土堆。

不可救药。

金字塔，这至尊神物，非肉眼凡胎可以破译。它早已经超越了物质的形态，战胜了时间本身。在吉萨高地广漠的沙海与强劲的旋风中,越过5000年,风尘仆仆,尽心竭力,护佑着法老的财富,保护他们的木乃伊平安到达永恒。

它身上的每一块石块,都承载着埃及人永生不灭的长梦。

只可惜那些原初的石头,已经被偷盗偷拆,消失殆尽。

据记载,从12王朝的国王阿门涅赫姆赫特一世开始,就拆大金字塔上的石块用来建造他的宫殿。到后来,金字塔表面一层的石灰石块也频频被人拆去,被周围开罗老城区人民盖了猪圈和厨房。只有大胡夫金字塔塔尖的部分还保留着原来的一层石灰岩。

眼前,我们见到的金字塔表面那一层石头又是什么呢?站在塔底望去,石块表面,似乎并不比我们的长城砖或水库大坝堤岸上的石头大多少。也许,金字塔走到今天,只留下了一个古代的外形?

靠近些。再靠近些。已经可以用手触摸得到金字塔的岩层。它表面的石头真是已经极度脆弱,弱不禁风。靠近底座的地方,为防止石头变成流沙滑下,还加砌了一层层花岗岩护腰。这也没能挡住几个埃及棕色小孩子在底座上爬上爬下爬着玩耍。

蓦地,远处几声笛响,"忽忽忽"驶来几辆旅游面包车。刚才还静谧着的黄沙漫漫的金字塔,"呼——啦"一下,顷刻之间被花花绿绿的游客包围。耳边鸟语叽里呱啦，鼻腔充斥各种香水味道。

有几辆当地牌照的小汽车甚至不加限制直开到金字塔塔底。汽车屁股上的排气管嘟嘟冒着黑尾气。

几匹精瘦的骆驼在大胡夫金字塔根底下来回逡巡，上面骑着肤色黢黑、头戴棒球帽的埃及男性。他们手牵缰绳，大声吆喝，招揽游客骑骆驼照相。骆驼的背上都给做了蓝靛色文身，刺出的是太阳神的图案，骆驼脖子上拴满了红色蓝色橙色绒球，驼背上的毛线编织的鞍子五彩斑斓。

稍远处，金字塔的外围，围着一长串地摊，游客的车一来，肤色黢黑、头戴棒球帽、身穿夹克衫的开罗小摊贩们一拥而上，兜售他们的各种小珠子、木串、银镯、玉器、石雕等小商品。

转眼，塔周围就成了热闹的阿拉伯集市。

简直像一部历史跟现实跳跃式榫接的蒙太奇电影。

寰球同此凉热。世界的每一处文化古迹里，处处升腾无限商机。

吉萨高地三大金字塔中最小的一个——门卡拉金字塔，向游人开放。游客可以亲自钻进去观瞻。据记载，这个金字塔没有最后完成，下边16排红色花岗岩石块中，有些还没有做最后的磨光处理。

同来的几个女伴不肯进去,说是星相大师有讲,今年不宜探病问丧。自然,钻坟进墓之事也一概免掉。

她们这样一说,才让人想起:哦,原来金字塔是坟哦!

她们要不说,还真就忘记了。只当作是一处需仰视才见的伟大遗迹。

然而,不进岂不是白来了?到埃及,漫游埃及古代文化历史,除了钻坟进庙,还能做些什么?

还是李青的话说得好。她说:没事儿。咱们阳气重,遇到点什么事,先克对方。

呵呵!众人不禁开怀。不啻为王陵探微寻幽过程中,直指人心的话语啊!

不免就有了一点点骄傲。跟在毕淑敏、李青等人身后钻进墓穴。

门卡拉金字塔入口在北面。一次容纳不下太多人,参观者需要分期分批进入。先要踩着底座那16排也就是16级的花岗岩台阶拾级而上,到达位于金字塔当腰的入口处,然后才能从那黑黢黢的开口处进入。

弓身。低头。怀着虔敬,怀着畏惧,战战兢兢。一步一步,上了金字塔的台阶。

蜿蜒曲折的通道，仅容一人弓身而行。这就是法老木乃伊到达永恒的道路？

脚步放轻，再放轻，不要惊醒了里面的亡灵。

幽深漆黑的墓穴，里面早已空空如也。

冰凉的石壁，残破的壁龛。5000多年骇人的味道。

这历史深处的亡灵，可曾得到过一天安宁？

金字塔里边复杂的结构，厚重的花岗岩石壁也护佑不了木乃伊安静地通往永生。不断地有淘金者盗墓人的洗劫，几千年后又是成千上万游客的搅扰。

埃及人永生不灭的梦想，也只有在梦想里才能不灭永生。

尼罗河

从开罗乘火车向南行，经过一夜的颠簸，到达了埃及中部城市阿斯旺。

这个位于尼罗河畔的美丽城市，安静，整洁，阳光明媚。阔叶植物和高大的棕榈树青葱葳蕤。它的纬度大概等同于我们的广州。

仿佛从初春一下子来到了盛夏，也好像从古代给拉回到了现实之中。脱掉毛衫，穿上裙子，沿着尼罗河边一路漫行。参观苏联援建的阿斯旺水电站，领受着比气候还要炎热的阿斯旺人的热情。

水电站纪念塔上镌刻有巨幅埃及前总统纳赛尔和斯大林的画像。

这里的埃及人皮肤颜色比北部人更深,更黑。

阿斯旺鲜花竞放,白云飘拂。尼罗河水像一匹蓝色的绸缎,在阳光下舒缓起伏。

多么惊异!想象当中,亚洲的每一条母亲河流,几乎都是黄沙泛滥,泥汤滚滚,水土流失严重。从印度恒河到中国黄河长江,概莫能外。

然而,这古老神圣的尼罗河水,却完全在我们的意料之外,荡漾出一片动心的蓝!

一片动人的蓝啊!

尼罗河水的蓝,不是晴空万里的蓝,也不是大海瞬息万变的蓝。是孔雀颈子的蓝,是雉鸡尾羽的蓝,是宝石幻化的蓝,是大地涂彩上釉以后,千锤百炼、永不褪色的蓝。

是亘古未变的蓝。

蓝得眩目,蓝得耀眼。

埃及最古老的创世纪神话,就在尼罗河水千年不变的蓝色节奏中产生了:

万岁，尼罗河！

你在这大地上出现，

平安地到来，给埃及人以生命。

——古埃及《尼罗河颂》

坐在船舷，弯下身去，忍不住用手轻触尼罗河水。

尼罗河，它三月的水流是温暖的，迟滞的，上了一把年纪的。水流在指尖上划过，觉得它如此沧桑不朽，又如此生动鲜明。

尼罗河——这埃及人的灵魂啊！你为何如此宽怀，又是如此寂静？

以尼罗河水为界，眼前的地貌"刷"地劈开：河的东岸是连绵不断的绿洲，西岸是一眼望不到边的沙漠。埃及人多数生活在东岸，然而，没有哪个埃及人不想穿越古老的河水，去到河的西岸，开始永生不灭的日子。

古代埃及人相信，河的东岸是生界，河的西岸是冥界。从此岸到彼岸，就是从今生到来世。

死亡，就是一次跨越尼罗河的旅行。

此刻，我们也正旅行在尼罗河上，朝着河中心菲莱神庙的方向行驶。

菲莱神庙，是纪念太阳神拉的神庙，被称为"拉的时间之岛"，它是古代埃及知识和信仰的最后堡垒。直到公元527年，罗马人入侵，拜占庭皇帝查士丁尼将一座法老的神庙改做基督教堂，埃及人自己的信仰才被迫终止。

我们眼下所见的菲莱岛上的神庙，已非原貌。在修建阿斯旺水坝的过程里，将菲莱岛上的神庙移址拆迁，到附近的阿基尔克亚岛予以复原。

令人想到三峡大坝周围的遗址拆迁工程。

这座石头的庙宇，是古埃及和古罗马风格结合的建筑式样。菲莱神庙里最古老的建筑是埃及30王朝尼克塔尼布时期的，约公元前393至前380年建立。比起三大金字塔，已经晚了2000多年。神庙整体风格高大恢弘，高大的廊柱，柱头繁复的雕饰，罗马时期的浮雕，为便于公共议事而建的立柱大厅和罗马皇帝私人的亭式建筑，都令人叹为观止。

到了18世纪，菲莱神庙遭受了拿破仑军队的摧残后，从凿碎的一堵墙中，发现了诺赛塔石碑，上面刻有埃及象形文字。后来通过希腊铭文，才将碑上的法老文破译。

礼赞你，阿拉，向着你的惊人的上升！
你上升，你照耀！诸天向一旁滚动！

你是众神之王，你是万有之神，

我们由你而来，在你的中间受人敬奉。

你的光线，照上一切人的脸；你是不可思议的。

一世又一世，你的生命是新生的热切的根源。

时间在你的脚下卷起尘土；你永远不变。

时间的"创造者"，你自己超越了一切的时间。

这是埃及人对太阳神拉的礼赞。

菲莱神庙是我们在埃及瞻仰的第一座神庙。如同我们看到的第一座法老的坟墓是金字塔一样，它的意义也非同寻常。它与帝王陵寝，分属于两个建筑谱系。

在埃及历史的纵深处，我们一直沿两个谱系游走：神庙谱系与陵寝谱系。

埃及之旅，就是瞻仰神庙和帝王坟墓之旅。神的驻所就是人类灵魂的驻所；帝王木乃伊贮存的陵墓，也是护佑人类灵魂朝向永生的通道。

从阿斯旺乘上游船，一路北行，遍寻埃及古迹。一路上拜谒的神庙就有：艾德福（Edfu）神庙、孔姆·奥伯姆（Kom-Ombo）神庙、卡纳克（Karnak）神庙、卢克索（Luxor）的阿蒙神庙区、蒙图（Montu）神庙区、穆特（Mut）神庙区。

卡纳克和卢克索对面的尼罗河西岸，则有着绵延7公里半的神庙区，王陵也集中在此地的峭壁下，形成著名的帝王谷。最让人不能忘记的是女王哈特谢普苏特的祭庙，它颇有特点，依山而建，呈层级式排列，远远望去，像附着在峭壁上的一层层宫殿。

帝王谷里有着赫赫有名的国王图特摩斯、拉美西斯墓，阿猛霍太普、阿亚、图坦卡蒙等62个帝王之墓。

埃及第一神庙卡纳克（Karnak）神庙，由于拍摄电影《尼罗河惨案》时被用做外景，在凡间变得颇具盛名。

如果不是事先有所准备，手持神的图谱，按图索骥，游者看到的，只不过是满眼的石头，石头，石头。无论神庙还是王陵，都是一片石头景象：竖立起来的石头，横倒竖卧的石头，穿山凿洞穿壁附岩的石头……一派石头的嚣张气焰。

不像我们国家的庙宇以及明十三陵、清东陵那些比较大的集群性帝王陵寝，总是参与了木头的建筑格式，有植物、水和木头的气息。

而他们就是石头。完全是石头。石头与石头被时光磨砺摧毁后的石砾；石头跟石头完美榫接后的天然壁垒。

石头依傍石头巧夺天工，石头镌刻石头永垂不朽！

水哪里去了？沿尼罗河水而居的这些个王陵神庙，却无半点水腥和滋润气息。尼罗河水好像只是预备冲刷冲洗这些石头,并作为运输这些石头准备的液态工具。

在古代埃及,石头是通向永生不灭的媒介。是石头,确保法老的名字不被忘记,石头也能保护他们的木乃伊走向永生不朽。而神的最伟大的业绩,也都镌刻记录在不朽的石头里。

> 人类颂扬他,群神也颂扬!
> 恐惧的都感到敬畏,
> 他的儿子(法老)成了一切的主人,
> 教导着埃及的全境!
> 照耀着,照耀着,照耀着!尼罗河啊!
> 用他的牛给人们以生命:
> 用牧场给他的牛以生命!
> 照耀着,尼罗河啊,你的光荣!

亡灵书·木乃伊

在卢克索帝王谷,不期然见到了《亡灵书》的真迹!这是青年时期,主修"东方文学"这门课程时曾经默诵过的埃及伟大文学经典。

在帝王谷拉美西斯大王的墓里,见到了雕刻在石壁上的

《亡灵书》。

埃及古老的象形文字和图画都用刀子镌刻在石壁上,笔触清晰,色泽绚丽。看上去就像是写在莎草纸上,然后整体镶嵌壁中的一样,十分完整有序。走在墓室的通道里,就仿佛是《亡灵书》在眼前一卷一卷打开。连绵下去,有一种震慑效果。画中人物和文字,颜料鲜艳耀眼,尤其是一种靛蓝和砖红色彩的运用,更是让画面艳得令人吃惊!简直像新画上去的一样。

它的历史,迄今已经有几千年。我问那个永远蒙着头巾的埃及女导游艾丽,这里的《亡灵书》是否经过修复?

她说,没有,原初就是这个样子。

这个回答,仍让人心存疑虑。记得曾在敦煌石窟、云冈石窟和洛阳石窟里,见到过相似的雕刻壁画形式,和相似的靛蓝和酡红。那里的壁画和雕像色泽也堪称艳丽,但都随着时光流逝,氧化斑驳得不行。古人的那种色彩提炼和保存技术,似乎不足以抵挡自然界风沙侵蚀及后来人为的破坏。

也许这个蒙着头巾的艾丽心中存有民族自豪感,故而夸大了他们的宝藏。不管是原初的还是经过修复的,这些留在墙上的壁画文字依旧闪烁着古老经卷之光。

《亡灵书》是古代埃及一部最伟大的文献,它的历史跟金字塔的历史一样久远，它的内容也跟金字塔、木乃伊一样，中心指向都是表现人类谋求永生的愿望。里面的多数篇章，是表现亡灵如何摆脱审判以达到通往永生之径的。

为了永生，埃及人制造出金字塔这样巨大的可与太阳神对话的坟墓，制作出木乃伊以保持肉身不腐。

说到木乃伊，不能不多提几句。在埃及，我们究竟见过了多少木乃伊？似乎很多，又似乎很少。在开罗国家博物馆里见到了各种规格大小不一的人类的木乃伊，令人感叹的是，富人家里的宠物乃至牲畜都有木乃伊。我们见到了猫的木乃伊，牛的木乃伊，其中一条狗的木乃伊仍保持完整，栩栩如生。

通往永生，木乃伊是中间一个非常重要的物质手段。

埃及人相信，只要尸体保存完好，他就永远是活着的，就能平安到达彼岸。

其实最先能用物质手段制作木乃伊的，是国王。他们要用不朽的身体带着他们的财富通往永生。国王死后，遗体要被清洗干净，然后由他的高级祭司涂抹香料，用蜂蜜和松香涂好护身符，然后风干。最后才能够送进壁垒一般的墓穴里。

然而，在埃及，我们见到的所有的王陵都空空如也。他们的木乃伊早已不知去向。千百年来，国王的坟墓就是灯塔，指引着盗墓掘宝者奋勇前行。

只有一个国王的木乃伊完整保存到了现在：图特卡蒙王。他死时年仅18岁，因为他的墓室，一直未被盗墓人发现，直到1922年，才被欧洲学者霍华德·卡特发现并打开。

在帝王谷里的一座贵族墓里，我们还见到了一具叫做"不知名"的木乃伊。一具干尸躺在真空玻璃棺中，里面有温度计、湿度计。头颅是骷髅样子，黑黑的，从脖子以下全苫上了白布，一看就知是现代防腐措施。

通往永生，光有这些物质手段还不够，死去的人们，其灵魂还要接受审判叩问和质询。只有回答正确，通过审判，灵与肉才能一同获得不朽。《亡灵书》记录的就是这样一个过程。

仔细瞻仰壁画上的细节，绚丽多彩的颜料背后，却有狰狞的下界审判情景。诸神在上而亡灵在下，被小鬼挟持着，对面受审。

这种情形，有点类似于在中国庙堂壁画上常见的十八层地狱审判恶人时那种用镣枷、用火焚，以及下油锅图景。

亡灵在被行审之前都心里没底，免不了要在内心战战兢兢地乞求。《亡灵书》中的《他行近审判的殿堂》一诗，是一段非常漂亮的心理描写：

啊,我的心,我的母亲,我的心,我的母亲,
我的本体,我的人间的生命的种子,
啊,仍旧与我同留在那"王子"的殿堂,
谒见那持有"天秤"的大神。
而当你是放在天秤中,用真理的羽毛
来称量时,不要使审判对我不利;
不要让"判官"在我面前呼喊:
他曾惯做恶事,言而无信。

而你们,神圣的众神,云一样地即位,抱着圭笏,
在掂量言词时,请向奥西里斯把我说得美好,
把我的案件提交给那四十二位"判官",
让我不致再在阿门提脱死亡。
瞧啊,我的心,倘若我们之间不须
分离,我们明天将共有一个名字,
对了,千秋万岁是我们的共署的名,
对了,千秋万岁,啊,我的母亲,我的心![1]

---

[1] 本文所引《亡灵书》,原文出自蒋锡金译《亡灵书》,吉林人民出版社,1957年版。

而亡灵在受审时的申诉词,更为逼真,在《我没有作恶》一诗中,亡灵在冥界自我辩护:

> 我没有作恶,
>
> 我没有逼迫任何人挨饿,
>
> 我没有下令杀过人。
>
> 我没有从死者那里窃取食物,
>
> 我没有假造量器,
>
> 我没有偷窃过牧场的牲口,
>
> 我没有把别人的水引到自己的田里。
>
> 我没有逼迫人给我做分外的工作,
>
> 我没有使我的奴隶挨饿,
>
> 我不是使人成为乞丐的罪人。

而一旦灵魂通过审判,获得资格通向永生时,《另一个世界》里则是一片光明灿烂图景。诗中说:

> 这里,有为你的身体预备的饼饵,
>
> 为你的喉咙预备的凉水,
>
> 为你的鼻孔预备的甜蜜的清风,
>
> 而你满足了。

你不再在你的

选中的小径里颠踬,

一切的邪恶与黑暗,

全从你的心灵中落下。

在这里的河旁,

喝水和洗你的手脚吧,

或者撒下你的网,

它一定就充满了鱼。

这些也只是《亡灵书》内容的一个方面,实际上,它是古代埃及卷帙浩繁的宗教诗歌庞大总集,咒语诗、颂神诗、祈祷文等等汇聚此中。

从今生到来世,从此岸到彼岸,埃及人在艰苦卓绝不断寻找和奔赴通向永生之路。

穿越撒哈拉

这是在埃及的最后一站行程:穿越撒哈拉大沙漠。

"撒哈拉"在现代汉语里是一个韵律和节奏感都十分优美的组词。尤其是,"撒哈拉的故事"被一个名叫三毛的女作家频繁书写以后,它就成了诗意和浪漫的代名词。

然而,一旦将这地方亲眼得见,就会知晓撒哈拉大沙漠的无情和残酷。

正午时分,阳光最炽烈的时候。白亮亮的沙漠,火一样灼热。咸咸的海水,也灼痛了人的眼睛。

这里的沙漠与海水紧紧相连。

是从红海走起的。沿沙漠边缘的公路(也可以叫它海滨大道)驱车500多公里,行程近7个小时,朝北的方向,直奔开罗而返。

这条路,前5个小时是沿红海与沙漠的交叉点走,右手是红海,左手是沙漠。另外2个小时则完全是穿行沙漠。

上午,我们还在红海。红海的哈加达(Hurguda)城。前一天晚上,才从卢克索的帝王谷驱车经过一下午时间赶到这里,下榻在红海之滨的叫做"太阳升"(Sunrise)的酒店。有同伴一看到Sunrise,立刻打趣叫它"东方红"。

汉语有时很是可恨呐!

红海的早晨,天空格外晴朗。海面风大,浪高。浪花狎习着海风,一路蹦跳玩耍。

目极处,海与河的分界线极其鲜明。海水翡翠,河水清白。

几座白色宫殿矗立在小岛上,似海市蜃楼。几只小舢板在海水深处冲浪，悠然起伏。

黄色沙漠上，偶尔掠过几辆汽车。轮子搅动黄色烟尘，显出沙漠的燥热。

海边一排排棕榈树下的沙滩长椅，布满集体裸晒的男女。红红白白，狐臭游荡。间夹了Sunrise五星级大排档烧烤的气味。莫衷一是。

红海，因其海底有着大量红珊瑚而得名。

看够了尼罗河的深沉，再来看海，既活泼，又未免轻佻。

中午12点从红海出发，沿海边沙漠公路直奔首都开罗。有六辆车排成长队同行，一路互相照应。

500公里的沙漠，500公里的荒无人烟。如果有掉队抛锚，保准就成了木乃伊，死得透透的，风得干干的，一点救都没有。

天空湛蓝，海水湛蓝。沙漠炽热，像火焰。偶尔，广漠的沙海中会出现几架风车，很快，就在车后迅速消逝了。又剩下广大的漠然。

热气蒸腾，恍如行走在云端。

沙漠紧挨着海水。海水毗连着沙漠。

海水既不能将沙漠倒灌，沙漠也不能将海水覆没。

它们在地球上如此相安无事。如此绝配毗连。

埃及处处呈现如此奇怪的风景:刚在尼罗河上看见了一半是绿洲,一半是沙漠;现在,又在沙漠中看到了另一处景观:一半是沙漠,一半是海水。

只有神的力量,才能将这些互为矛盾的东西一劈两半,又使它们相与共生。

发明"一半是火焰,一半是海水",还有"文化苦旅"的人,应该获奖。

在埃及这片神秘的土地上,这些汉语句式全都应验,成了现实景观。

2004年11月13日于北京以北

辑五 现在就回忆

红色娘子军

一

1997年1月2日,元旦假期。我和作家出版社的一个女友在北京展览馆剧场看中央芭蕾舞团演出的《红色娘子军》。我们坐在前排,最佳的观赏位置上。剧场的灯光一熄,听那乐池里的歌声一响,我立刻就受不住了,往昔岁月的潮水劈头盖脸迎面打来,像滔滔的七月长江泄洪。登时我的眼泪汹涌,所有的历史记忆顷刻间如江流决堤,哇——哇……

我身旁的女友,也"哇——"的一声哭了出来。

那还只是序曲:"向前进,向前进,战士的责任重,妇女的冤仇深……"

圆润的女声,饱满的和弦,一下子就把我们的心底打湿,把我们这些当年的"红小兵"的魂儿卷走了,卷回到过去年代,卷回到那红绸子旗帜在舞台上翻卷、粉红色木棉花灌满我们眼帘的时代。

是谁把我们的童年找回来了?!

谁把我童年演草本封皮上那个眼含热泪、脸贴红旗的吴青华，那个大榕树下脚踏熊熊烈火高举双拳造型的洪常青重现我的眼前？！是谁把我童年月历牌上那吴青华、洪常青和通信员小庞三人造型的"常青指路"画面又在我眼前浮现？！谁把那些动感的神奇的脚尖脚弓脚背又踢踢踏踏重现我眼前？！是谁把那熟悉的曲调那圆润的战斗主题歌声将我的鼓膜将我的心胸灌满？！

童年呼啸着，在《红色娘子军》的乐曲里尖声而来，在吴青华、洪常青、女连长、战士小庞、南霸天等人的旋转舞姿里迅疾而来，在那椰林寨的背景上、热闹欢腾的红色革命根据地上、粉红色的木棉树上、蔚蓝蔚蓝的艳阳天上飘动而来。那都是我儿时熟悉的、看不大懂、似是而非又百看不厌的场景。如今它们又呼啸着卷土重来！

卷土重来，就在我们眼前展现！

我们不停地啜泣，泪水又将心底的湿润加倍渲染。我们甚至已经闻到了童年的演草本铅笔盒香橡皮上美丽的香味，又想起了拿蜡笔给招贴画上的吴青华染红嘴唇的行为。我们又看到了童年的小女伴们总是在一起压脚、希望自己脚背绷直脚弓高高、好早日踮起脚尖跳出如女连长那么漂亮的舞来。那个女连长，我们一心所崇拜的那个漂亮的女连长从记忆深处复活出来了！她腰挎盒子枪，戴着蓝色八角帽，梳着还是我们小时候看见的革命女战士英姿飒爽的五号头，手掌一挥，红军女战士们立即成整齐的队列排列翩翩起舞！她则以漂亮的演技，担当领舞的角色。你看她那脚尖，那脚背，那腿，那腰，那旋转……那都是我童年的梦，我童年的憧憬。

我的梦想着跳女连长的岁月……

每一个小姑娘都梦想着踮起脚尖跳芭蕾舞的岁月……

多少年过去，它们已经渐渐消遁，远去了。

默默地远去了。

消失了。离远了。

在一个价值体系急遽转型转轨的时代，我的红色娘子军的童年，没有了。

我的蓝天白云、粉红色木棉花组成的满怀憧憬的童年，没有了。

我的渴望跳女连长的童年，没有了。

它们消遁，在远方，在一片转型期的物质嚣声中。

我们是多么羞于提起，甚至耻于提起，过去年代憧憬"红色"的经历啊！

我们是多么拼命地朝当下思潮"酷"的方面靠拢、转移啊……

眼下，坐在这个钢筋水泥搭成的、四周围墙壁上镶嵌满了斧头、镰刀、麦穗、五角星的俄式建筑风格的剧院里，在大幕拉开、乐声响起时，我们却不期然与自己的童年遭遇。

我们不期然地与自己的童年相遇！

如此，我们怎能不心弦颤颤，怎能不泪如泉涌？！

我们的眼睛哭得一塌糊涂，已经无法真切看清台上的情景。坐在我们旁边的一对打扮入时的二十出头的小情侣，由始至终悄悄不停地做着亲昵动作。见我俩不停地掏面巾纸擦眼睛，揩鼻涕，他们的眼神乜斜，频频斜脸瞧我们，看那诧异神情，仿佛是说：这朗朗乾坤，晴暖冬夜，这欢乐的1997年新年之初，面前这两个蜷缩进德国皮衣领子里的三十出头的小老太太，她们究竟在哭些个什么？！

二

实在地说，30多年后，复排的《红色娘子军》与我们童年记忆中的《红色娘子军》，已经有了较大差距。我现在只能说是我在观看的时候在感情上跟过去有了很大差距，而不能说是她们跳的出了什么问题。那样一群漂亮的小姑娘在台上，举止太过于柔媚而矫情，完全不是当初舞剧中女革命者的豪情和力度。当年的舞台上的那些大腿，还记得那些大腿吗？就是我们小时候通过电影胶片才能真切看到的，那些绑在蓝色和灰色军用绷带里的浑厚、有力度的革命女战士的大腿，她们裸露出来的大腿部位都很粗壮，肌肉发达，有些类似于今天我们在玫瑰碗体育场看见的奔跑着的女足运动员的大腿。而她们那些柔润的小腿，却很可惜地给绑在蓝布条的后边不让我们看见。若说民族芭蕾舞剧跟西洋芭蕾舞剧有什么不同，我以为，最大的不同，那就是不让我们观众看见女人的完整大腿。《白毛女》和《红色娘子军》里面的人物基本上都是穿着裤子的，白毛女穿的是一条仿佛被野狼啃碎得东一条西一条的哆嗦裤，娘子军的娘儿们不仅穿的是凡立丁或水洗布的大裤衩，下边还要用绑腿把她们光洁漂亮如荷藕一般的小腿围上。

所谓的"民族芭蕾舞"，在我后来有机会看了那么多的洋人芭蕾舞演出后，自己给总结出的特点，那就是不许女人穿裙子跳的舞啊！据说当时"民族芭蕾舞"的出笼，是源于戴爱莲跳的大腿舞很让工农兵们消受不起，他们觉得女人亮出大腿这种刺激纯粹是给资产阶级享受的，对我们的工农兵革命群众有极其严重的腐蚀作用。西洋芭蕾舞中长盛不衰的爱情主题，也不符合我国的阶级斗争原则。于是女人的大腿就要被长裤裹上，被大裤衩和灰绑腿围上，只半掩半露，留出最像女足运动员的膝盖以上、大腿根儿以下的肌腱部位，另外还能露出的就只有白毛女那哆嗦裤子所遮掩不住的纤细的女人脚脖儿。所有的故事情节，也一律符合革命文艺的标准，才子佳人帝王将相统统滚下台去，只以工农兵做主角，尤其是被压迫的人们对统治阶级的反抗斗争，理所当然成为所有剧目的主要情境。革命现代芭蕾舞剧《白毛女》和《红色娘子军》于是就这样产生了。

舞台上那些穿大裤衩、绑蓝布带的粗壮大腿，她们的每一次旋转、落地、腾越，其势都恨不能把地板戳出个窟窿。她们的端枪、瞄准、射击和耍大刀的动作，每比划一下，都恨不能把地主老财南霸天砍成八瓣、剁成肉末！那些"投弹""劈刺""射击""耍大刀"的女战士的群舞，激情，豪迈，潇洒，壮阔，群情振奋，波澜起伏，让人心动，让人心跳，还让人——当年"红小兵"战友们圆睁双眼，热血沸腾！从这里我们才知道了"美"，从这里我们还知道了斗争——关于美，女人的美，紧紧连着革命的斗争。就是它，影响和规定了多少女人一生的审美趋向和价值判断！

那些群舞真是独到，真是美——直到今天，当我在各方面都不再蒙昧，也几乎看过所有来华演出的西洋全本芭蕾舞剧以及折子戏后，我也要赞叹：《红色娘子军》仍旧是中国人的舞蹈智慧达到顶峰之作。就像我今天，总要赞叹《茶馆》是中国话剧艺术的顶峰之作一样。这个观点，我在本世纪是不会改变了。是的，在本世纪，不可能有人再超越它们。那些群舞——属于我国20世纪60年代的舞蹈设计者独到发明的那些大段群舞，那是多么聪明和优秀的借鉴和发明啊！等我将各国来华的优秀芭蕾舞团演出都看过一遍，我才知道，中国人的智慧真的是一点不比别人差啊！

无论是《罗密欧与朱丽叶》里面华丽雍容盛大的宫廷交谊舞场面，还是《吉赛尔》里幽灵起舞的飘逸场景，再比如《堂吉诃德》里面频频出现的茨冈人舞蹈以及吉卜赛人狂欢的场面，抑或是《天鹅湖》中四只小天鹅的轻快的舞蹈，再比如《胡桃夹子》《睡美人》《仲夏夜之梦》中的宏大群舞场景……我们的民族芭蕾舞剧《红色娘子军》比起它们来，其场面毫不逊色，且还匠心别具。当时的主创人员该如何费尽思量，才能在"群舞"——属于芭蕾舞剧中最为华彩、绚丽的宏大叙事部分中，有效插入诸如"斗争""仇恨"元素，以及民族舞的技法，才让她显得如此之想象力横空啊！

我想只有当今的港台导演，才敢不正经地将历史正剧诸如乾隆下江南之类戏说瞎编，可以让正统历史人物在台上打打闹闹、疯疯癫癫。而当时我们的芭蕾舞剧的编舞人员编得多出格啊！怎么能想象，他们在将正剧仍然当成正剧编的同时，又将"军训""拼刺刀""投手榴弹""耍大刀"等等那么些杀人和预备杀人的情景，合理有效地融入舞蹈语汇里来，而且还能生发出有力度的美感和和谐，而不是让人感到恐惧和生畏。他们那可真叫作神啊！那可真是可望不可及的芭蕾舞啊！且只此一回，只有在当时那个年月里才能产生——而现在，世道昌平了，经济也丰厚了，然而你再见有什么新的芭蕾舞剧出炉吗？艺术创造，究竟起源于禁忌还是源于自由？

跟着这《红色娘子军》一起长大的我们这下可算明白了，艺术史上这个一直说不清的问题，其具体来源究竟是怎么一回事，同时我们也愈发对它难以说清了。总之，反正，艺术它就是这么一个玩意，你摊上什么是什么，赶上哪拨是哪拨，无章可循，无迹可求，硬挤是不行的。比方说当今一些所谓"现代舞""行为艺术"什么的，想象力和创造水平低下，简直拾人牙慧，小儿科极了，根本不知道其间有什么东西、什么元素是他们自己的。我曾经花200块钱买过一张票，去人艺首都剧场看一场被传媒鼓噪捧上天的英国现代舞团的演出。看了半场，我就被他们全团几个人、几件简单乐器的单调、简陋、无稽、无聊弄得如坐针毡，一边心里边愤愤的，一边还不好意思走，心说若不是看你们远道而来，若不是出于礼貌，若不是因为心疼这200元钱，我还坐这里陪你们、受你们蒙骗干什么？！

而我们那民族芭蕾舞，说独创便也是独创，说亵渎便也是亵渎——对贵族统治阶级艺术的憎恨、颠覆，对芭蕾舞理念的再诠释，再演绎。这种理念全在举枪、劈刺、投弹、射击等等动作里体现出来了。西方用了将近两个世纪才完善的芭蕾舞艺术，中国人据说不到十年就练完了，就完成了芭蕾舞由贵族艺术到平民化普及的过程。那时有多少个小女孩，如我这样大锛头小黄毛，丑乖丑乖的，都揣着小兔子一般怦怦乱跳的心，怀里掖着藏着一个跳女连长的梦啊！

想起来，真是奇迹！

《红色娘子军》它是一个时代的象征。一个时代过去，关于美、关于斗争的信念业已打破，它里面所蕴涵的那种气息，就再也不能复原。

不信，你看：面前这群小姑娘的表演，完全是90年代的西洋技法，一举手，一投足，都如《胡桃夹子》或《吉赛尔》里那些巴黎客厅里的贵妇人，或墓地叫作"维丽"的幽灵的舞蹈，慵懒，绵软，飘忽，轻灵，有撒不尽的娇，抒不完的情，展示不完的身段。她们的身体那才叫柔软，软得仿佛一使劲托举，胳膊腿儿就能给掰掉下来。女主角吴青华虽还有一些开绷直立和倒踢紫金冠动作，怎奈我们这些台下的观者已经曾经沧海难为水，再怎么看也不像了，再不是我们当年羡慕得要死佩服得要死的吴青华的倒踢紫金冠。因为在她那技术动作里，分明没有仇恨，也无所谓激情，有的只是美，技术性的美，像时装模特儿的走台步，表演而已，离炉火纯青，还差一层。毕竟她太年轻。毕竟时代变了。

第二幕中，吴青华根据洪常青的指路来到了根据地，剪掉辫子、穿上军装以后，她和那个漂亮的女连长还有一大段抒情双人舞。这时已经是两个女战士并肩而立，飒爽英姿，她们两条相邻的腿轻松点地，另外两条长腿分别高高向天空外举起——这个画面定格在小时候的小人书或剧照里，是最令人醉心的场面，有多少个小女孩儿做梦也在想着跳出这样悠扬的舞蹈啊！我那会儿就在幻想着有朝一日也跳女连长，也像她一样，将有足够弹性和力度的长腿向空中抛去——而这会儿，台上这两个小姑娘的双人舞太柔软了，太技术化了，太没有阶级姐妹一见如故、比亲爹娘亲兄弟还亲的阶级深情了。她们软软地跳着，按规定比划着，抬胳膊，伸腿……对于她们来说，"阶级情"已经是一个不好理解的字眼，对她们提出那样的要求，那几乎就是苛求。

毕竟时代不同了。一个歌舞升平的时代，如何让这些十八九岁的小姑娘、小伙子体会阶级仇民族恨？对他们而言，所谓学习"经典"，也不过是一场仿照前辈的现成动作而跳出的芭蕾动作而已。跳这样一出红色经典，与跳一出《天鹅湖》《睡美人》《吉赛尔》等等的经典别无二致，都不过是照猫画虎而已。而在我们这些台下的三十来岁的观众眼里，台上这些舞着的革命者，他们从头到脚，都显得那么小，那么稚气、消瘦、柔弱，哪里像什么英雄，哪里像什么革命者！也许，那纯粹是因为，看戏的我们已经老了。当年看这出戏的六七岁的小孩如我们，而今都已经老了啊！

三

那时我们小，所以看演员觉得都很大，需仰视才见。尤其是吴青华的剧照，印在我们的演草本封皮上那个，把脸蛋贴着红旗的，大脸盘，肤色黑黢黢，粘的假睫毛，质量不太好，眼角处还向上翘起。也许这也是由印刷质量不好造成的。这也是我不能够喜欢上这个角色的直接原因之一。我小时候喜欢女连长，因为女连长她一出来就是个女连长，身背匣子枪，穿军装，眼睛很大，总是笑吟吟，有管人的权力，而且长得好看，比吴青华要漂亮。在我的六七岁的童年理想中，从来就没有想当过吴青华，因为她净挨打、受气，犯错误,妆也给化得不好看,远没有女连长看上去那么幸福,具有女人味。女连长和吴青华的双人舞,是我小时候最爱看的一段,舒展,飘逸,欢快,女性化,几近完美。那个女连长是我童年时的偶像。

小时候,记得在看到《红色娘子军》电影之前,最先看到的芭蕾舞电影是《白毛女》。那时我还没有上学,我家大伯抱着我去看的,在沈阳大东工人俱乐部,大概是他们厂子里发的票。没看懂,影影绰绰记住了一些穿白衣服披头散发的女人影子,好像总是踮起脚尖走来走去。那会儿的革命现代京剧样板戏和革命现代舞剧都拍成了胶片电影,适合于各个阶层的广大人民群众反复观摩,接受教育。起先是由大人带着进电影院看,后来就由学校组织,班集体手拉手看革命传统教育电影。5分钱一张票,不去不行。不去就是政治问题了。

电影对那时文化生活贫瘠的人民来说,是个稀罕物,所以闲极无聊就到电影院里反复看同一影片的人多的是。像那些朝鲜电影、阿尔巴尼亚电影,还有一些打仗的电影等等,谁不是看过好几遍?那时候人们还普遍爱哭,我也就跟着爱哭,看《卖花姑娘》哭,看《白毛女》哭,看《红色娘子军》中党代表洪常青被火烧死时,也会哇哇大哭,不知是吓的,还是像老师给高度总结概括的那样"是被革命者大无畏的精神所感动"？那时就觉得银幕上的吴青华的脸盘子好大！银幕上的洪常青的个子好高！好魁伟！他们都是高大的革命者，战无不胜的英雄形象。我们多羡慕、多崇拜！

时光荏苒。当我们坐在1997年的北展剧场里看真人面对面表演时，却觉得吴青华那舞跳得好嫩，那洪常青个子好矮，简直都是一群小屁孩呢！（后来得知那天跳洪常青的不巧是个B角，技术比较糟糕一点，"旋"得总是有点磕磕绊绊的。但这并没有妨碍我们在那舞曲声中深情怀旧。）我们是以一份童年的记忆，来观照现时的演出。那一份记忆，就埋藏在演草本的封皮上，在天天播送舞曲的戏匣子里，在反复放映它们的电影院里，更在我们大脑皮层的记忆深处。

那时候，我小时候，简直要被这种叫"芭蕾舞"的东西迷住了，简直被女连长的风姿迷住了。世界上还有踮起脚尖走来走去的一种东西！那时的小女孩子，都怀揣着这样一种跳舞的梦。我们没事儿总爱在一起练劈腿，练压腿。压脚，就是跪坐在地上，将两只脚的脚背贴地，压坐在屁股下边，像现在电影中日本女人那样的跪坐姿态，为的是将脚背线条压出像女连长那么好看的弧度来。

到底，我也没能有机会跳上女连长。

然而，我从"女连长"情结里脱离出来，却是费了多少灵与肉相分离的挣扎!

那个年代,有多少个对红色真心信奉的人,过后就会有多少个艰难挣扎的灵魂。

当我好不容易褪去旧时代灌输给我们的那种虚妄的红壳,脱胎换骨,一步步向后现代发展的时候,不期然的,那个红色的娘子军又红彤彤的、劈头盖脸迎面向我砸来,直砸得我两眼昏花,老泪纵横!

这可就是我们出生在60年代一代人的宿命啊!

是命,你就信了它罢!不要硬拗着。

我知道,即便是今天,当我在谈论起《红色娘子军》时,种种复杂情愫仍萦绕其中。我知我是矛盾的。这并不是简单的褒和贬,称颂和赞誉,诋毁和抨击。不,远远超出了那些。每个人在面对自己的过去时,心理上都是矛盾的。剪不断,理还乱。

就像我读到作家浩然对自己过去历史的频频辩白,就像1996年夏季的某一天,一个面相慈悲的老人突然出现在我们文学所当代室的办公室里时,我突然觉得,他是从我童年时代的梦里钻出来了。就从我童年和少年读到的那有限的几本书——《金光大道》《艳阳天》《西沙儿女·正气篇·奇志篇》里钻出来了。别人给做了介绍,我上去跟他握手。那一刻,我觉得很虚幻。

我能理解眼前这一切,但心情很复杂,很烦乱。面对历史,尤其是亲身经历过的历史,我通常要产生虚幻和烦乱。

1997年1月2日,在北展剧场,《红色娘子军》的乐曲一响,我哭了。哭得很冤,又分明夹杂着些许黯然神伤。那一年,我32岁。

1999年8月4日于北京双秀

我的"红小兵"生涯

不知是从哪儿最先兴起的,一夜之间,"老大娘革命文艺宣传队"这种组织形式就迅速传遍了大江南北。戏匣子里每天都能听到播放各地"老大娘宣传队"先进事迹的消息。说是一些上了年纪的街道老太太自觉组织起来,以"马列主义学习小组"的形式,时不时地在革命向阳院里聚到一块儿,在那里搞大批判,举行文艺演唱,学大寨,学小靳庄,尊法批儒,批林批孔批宋江。经过广播里这样发动颂扬以后,这样的队伍越来越多,全国上下的老太太们都互相仿效着把机构成立起来,围在一起宣传毛泽东思想的干劲十分高昂。

那时正是70年代初。我作为一名毛主席的"红小兵",从小学二年级时起就混迹于这群老太太之中。原因很简单,我那时闲着无聊,学校里每天只上半天学,漫长的下午和晚上的时光没法打发。我就只好在我们的社会主义向阳大院里窜来窜去,东瞧瞧,西望望,不时地到各种团伙组织中凑趣看热闹。有时逢到演戏人手不够时,大人们也把我编排进去,临时扮演一个角色,比方说给《红灯记》里的李奶奶当孙女李铁梅,竖起一根手指比划"都有一颗红亮的心",或者扮演"红小兵"革命故事员,大讲"柳下跖痛斥孔老二""宋江打方腊"等等革命故事。很多时候,我都串演老大娘文艺宣传队里的孙女"小红"的角色,等老太太们在台上唱到一半时,我就扭扭搭搭从侧幕出场,憋着嗓子高叫一声"奶奶——",如同京戏里的叫板一样,接着就走到台正中央开唱,比比划划,指手画脚,辅导老大娘们学习《实践论》和《矛盾论》,唱着讲"一分为二""人的正确思想是从哪里来的"。

通过一段时间打入老大娘宣传队内部摸索侦察,我基本弄清了她们队伍的结构。她们这个组织的人数一般徘徊在十个左右,不停地有人半道退出去,又不断地有人中途加进来。基本的革命力量保持在四五员干将差不离。我记她们的名字是这样叫的:小脚娘老太太、玻璃花眼老太太、小耗他奶、发肉票老太太、老公太太、老吕太太、老于太太……就是说,她们普遍是一群没有自己名字的人。真的,事隔二十多年以后,我现在回想起来,这些老大娘革命文艺宣传队的成员们,竟无一例外地没有自己的名字。她们被人家从身体绰号叫,从身体上的缺陷特征叫,从她们子孙的名字叫,从她们丈夫的姓氏叫，唯独她们自己的名字被人遗忘了，或者根本就不曾被人提起过。

这一群没有自己名字的老太太，她们的来龙去脉可想而知，几乎都是旧社会被压在生活最底层的人。贫苦的出身构成她们集体组织起来干点事情的第一内驱力。她们的平均年龄也就五六十岁，被叫做"老大娘"有点冤，实际上她们都还并不怎么老，搁在现在，还都算做各行各业的"中青年"，正是当官儿掌权或当专家权威当得最滋润的时候。但是那会儿，这些老大娘在旧社会里度过了漫长的、吃糠咽菜、苦大仇深的年轻时光，新社会一来，她们已经老了，没法再从头干点什么，学习点什么。没有文化，没有工作，都是家庭妇女，大概新社会里的日子她们也过得不怎么样，仍旧是面有菜色的样子。她们的身体个个都有残疾，不说别的，就从脚上说，不是那种三寸金莲式的"小脚娘"，就是缠足以后又放开的"解放脚"。她们的腿都不直溜，干粗活干的，都留有风湿和罗圈儿的痕迹，髋关节比较肥大，从后面看，屁股显得很突出，样子不吉利，那是年轻时不断地生育磨难而造成的。她们的胸前，奶袋子都像两个布口袋一样，瘪瘪的耷拉在肋前腔上，那就是一辈子被丈夫、被子女吸精喝血给榨干了的废墟遗迹。她们的手，指关节一律粗大，手背红肿，手心起皱，布满无数细小的裂口，摸在缎子被面上，就沙啦啦的，像在用砂纸磨打，能给刮出一个个小口子来。

老大娘们的脸，更是无需一一细叙，早已是一张张被岁月蚕食风干了的斑驳的老树皮。然而，怎么能想到呢？自从加入了"革命文艺宣传队"以后，一张张老树皮竟然油光光地放亮，仿佛期待着会有一日吐蕊抽穗发出新芽来。

> 胡同里啊砖墙上，条条街道是战场，老大娘啊斗志昂，带头写稿贴墙上。咚咚锵，咚咚锵，锵，咚锵，咚咚锵。

她们高兴，她们真是从内心里往外透着一股高兴。好像活了大半辈子，她们终于找到了组织，找到了人生，找到了自身的价值。她们现在是站在台上，终于是主角，终于被众人关注了！骄傲和自豪如此生动地溢于一棵棵老树的表皮之上。那些久经岁月的褶子，全都笑呵呵地散开了。

老大娘们演唱的是山东柳琴调。那调门儿在我小小的心眼里听来，竟有点哼哼唧唧的，不如我自己的"红小兵，齐上阵，大家都来狠狠批"唱得痛快，有干劲，有实力。她们毕竟是老年人了嘛，批也批不动，只不过闲唱唱而已。我当时是这样想。当唱到"咚咚锵，咚咚锵"这里时，她们脚下还要原地踏步，踩着锣鼓点儿，来回捣腾一下步伐，以证实自己很有节奏感。别看她们平时围着锅台转，整天价蓬头垢面、油脂麻花的，一站到台上，嘿，那叫个精神，真是天翻地覆慨而慷！

她们的嗓音都不怎么样，没经过什么发声训练，全是天然、自发的本嗓。见过现今电影里表现的乡间葬礼哭丧的场面吗？那里边大多都有老妇人的一种哭天抢地的哀嚎，声震云霄，极富感染力和穿透力。那声音，就是女人身体和声带长期劳累磨损，或者拿大烟袋锅子抽烟熏坏以后，才形成的一种沙啦沙啦的质地粗糙。（后来，到了八九十年代，我们才从美国乡村音乐和西方摇滚乐中得知，具有这样的嗓音叫做"性感"和"磁性"，是一种女人在后半夜里的床上嗓子。老天！我们的老祖母们可真是命运不济，生不逢时。）老大娘们就是用这种乡音本嗓，站在舞台上，纵声高歌："人的正确思想是从哪里来的，不是从天上掉下来的，也不是从地里长出来的，而是从为人民服务的实践中来。""贼宋江啊狗奴才，啊，狗奴才。只反贪官，啊反贪官，不反皇帝啊，反皇帝，我们老大娘啊，老大娘，一定要把你啊，批到底。"

这样放声大唱的时候，她们是横里站成一排，很整齐的，像一排黑乌鸦。她们的手里还要拿上两块竹板，有节奏地上下一起敲动。竹板的大小长短不一，每块竹板的堵头上还要扎一个小眼儿，从眼里拴过去一块红绸，竹板一敲，板上的红绸就跟着不停抖动。竹板是一种被人手摩挲得油油发亮的明黄，绸子布却是通红通红的，革命年代的本真颜色，红黄相间，煞是耀眼好看。竹板清脆地"啪""啪"，伴着老年嗓子里如同竹筒空心乱敲的咿咿呀呀，听起来效果颇为奇特。

她们的演出服装，打我认识她们的时候起，一直都固定没变，是一种黑色浅平绒的，立领带大襟的布衫。布衫上的中式纽襻，都扭成横"爱思"模样，顺序从脖子一直紧紧地扣到腋下，又顺着胳肢窝从腰上一路系下来，布衫的长度一直盖过臀部。冬天是长袖，夏天换成短袖。裤子也永远是黑色，夏天是府绸，冬天是粗斜纹的棉布或凡立丁。鞋子呢，从来也没见她们穿过什么皮鞋，可能是皮鞋太贵，或者是她们那已经扭曲了的脚形把皮鞋穿不好，所以一年到头总是穿布鞋。自家纳的千层底的布鞋，上台时从来不穿，也知道那个太土，逢演出时穿的鞋子都是从商店里买来的，布面，圆口，粘胶底，整齐划一。

除了演出时身上披挂的服饰，她们的其他部位通常都不化什么妆。脸上都打香皂至少用两遍水洗得干干净净，然后可能会轻擦一点她们闺女雪花膏瓶里的"面友"。头发也一定会梳得溜光水滑。那时候，老大娘们大部分还是梳着旧社会带过来的"疙瘩揪"（也就是学名叫"髻"的那种脑袋背后的小圆团），到了70年代中期以后，才逐步解放，剪掉疙瘩，流行起一种老年人梳的直发，就像《渴望》里的王沪生他妈梳的那种发型。收拾利落以后，老人们浑身上下变得很清爽。演出服往身上一套，所有那些人间尘灰烟火气，还有那些围着锅台转时的油盐酱醋的烦恼，全都忘了。人也堂堂皇皇的，很社会的样子。舞台上的灯光一亮，光线一聚焦，老大娘们的脸上登时红润，登时庄重，激情仿佛不可遏止，在她们大布衫下的瘪胸脯里起伏。谁都能看出，每次演唱时她们都很动真感情，虽然这感情的发泄口在我们后人看来很是有些荒诞和滑稽。但是那时候，那个严酷的"文化革命"时代，我们做什么事情、唱什么戏不都是身不由己不由自主，同时却也是心甘情愿的吗？"红小兵"我不是也穿着一身平纹条绒的红衣红裤，水辫上扎了很鲜艳的粉绫子，抹了红脸蛋，涂了红嘴唇，给打扮得像一个红色小妖精似的，尖声高喊一声"奶奶——"，扭扭搭搭，兴致勃勃就上台了吗？

别看我们脚小啊岁数大，岁数大呀觉悟高，学习毛主席著作掀高潮，掀呀么掀高潮。

老大娘文艺队先是在街道临时搭建起来的大木板舞台上演,然后到公社里的大会议室里演,接着又被抽调到区里真正的礼堂里演,名气越演越大,最后又被选拔到市里边演,还以集体的名义获过不少毛巾、肥皂和奖状。那可能是她们每个人的一生中最辉煌的时刻。人的一生,总有自己最辉煌的一瞬,作为个体的我们,只是无法把握,它究竟处于历史年代中的哪儿。作为"红小兵"的我,也跟着她们辉煌了一回,在1973年的时候得过不少演出奖。

1998 年 9 月 29 日于北京双秀

在鲁院那边

一

我们这一期在 2002 年秋天入学的作家进修班,被命名为"首届中青年作家高级研讨班"。它为什么会叫这个名字,而不是按照鲁迅文学院固有的顺序排列,比方说叫作"第××期作家班",按照我们私下的猜想,觉得大概是想表明这个班级的特殊性。这个班里的人是在新世纪里招收的第一期正规作家学员,基本上已人到中年,在文学创作中小有成就,多半是获过各类文学奖的作家,有的还在各省市作协担任副主席等要职,再把它等同于以前文学讲习所时代的作家学习班,或者是鲁院前几期人员复杂的短期学习进修班,不足以表明它在人员身份和年纪上的特点。

然而,因为它的名字太长,颇有些拗口,要想在日常口语中把它的全称说正确,也不是件容易的事情。有一天中午我回单位社科院里吃饭,当在饭桌上被别人问到此事时,就随口答说,我正在鲁院参加首届高级中青年作家研讨班。一旁我的博士导师杨匡汉先生立刻纠正道：是首届中青年作家高级研讨班，而不是高级中青年作家研讨班。一句话说得我颇为羞惭。放错了"高级"这个定语的位置，就仿佛心里有鬼，内壳里窝藏了一颗小资的虚荣心。

如果我不是这次有机会到鲁院来学习了这么一趟，对它的意义的认识，恐怕也不会纳入到文学史的层面上来考虑。从个人的直观印象上来说，以前只知道鲁院是个比较"招人"的地方。这几年，跟文坛接触多了，就能感觉到有个叫"鲁院"的处所一直特别繁荣，大凡称自己是作家的人，几乎都要跟它沾上点边。经常会有鲁院学生口称"老师"，通过其他朋友的引荐前来拜见；有时候也会被邀请给鲁院的函授学员批改作业等等。对于鲁院，我一直是怀着某种好奇。第一是一直没有弄清它到底是一所什么样性质的院校（当然也并没有真正下工夫去了解）；第二是因为关于它的传说太多，或者说是关于它那里的学员的传说甚多。在这些民间口头文学里面，或多或少都带上一点浪漫、神秘、轻狂、不羁的色彩。当然，关于它的最为生动曼妙的传说，还是最近的，也是20世纪80年代末那一届鲁院跟北京师范大学合办的研究生班。那真是个人才辈出的群体，如今在文坛比较活跃的作家莫言、余华、刘震云、迟子建、海男等等皆出于那个班上。再后来，就有点乱了，好作家就没有大规模成群结队出现过。那个时候，90年代初期那会儿，我们那群所谓"新生代作家"都还年轻，在北京的聚会很多，时不时在一起吃吃喝喝。每逢喝酒饮茶时见哪个年轻男性编辑未到，就问到哪里去了，答曰"到鲁院泡去了"。一句"到鲁院泡去了"，很有时代气息和经典意义，除了说明鲁院的人气旺盛、海纳百川、三教九流、美女如云之外，也能说明那时的年轻男性编辑的好动、敬业以及力比多分泌异常。

　　光阴荏苒，到我们这一届学员进校时，已经没有美女，只有美大妈、美阿姨和美老太太。（美不美，全凭自我感觉和自我造势。）学员名额是一个省一个，由各地作协推荐，要求创作上有成就的45岁以下的年轻作家。来了以后才在名单上知道，西藏的马丽华大姐也降低身份，加入到我们这个班的行列当中来。马大姐还以其特有的幽默风趣，用标准的西藏汉话说："我这一来，把你们这个青年作家班变成了中青年作家班。"众人就笑。由各省派来的作家，外加行业作协推荐来的，总人数有50人。（实到49人，广西的作家东西恰逢出国，没赶上开学报到，后来就一直没有来。也有人制造谣言传说，班里某个调皮捣蛋的男生给东西打电话吓唬他：可别来呀，我们这里实行军事化管理！吓得东西同志果然就不敢来了。当然,这全是民间的笑谈。)其中女生占全班总人数的三分之一,全都老大不小,最小的戴来三十出头。来了后不久,男生就编了一个段子,概述这里的学习情况:"鲁院太小,娱乐太少,街道太吵,女生太老。"传到女生耳朵里,就被随口改为:"鲁院太小,娱乐太少,街道太吵,男生太小。"然后通过手机短信方式在班级里传播。

这个搞原创的男生就是中国煤矿作协的作家荆永鸣。最后一句"男生太小"是我给改的。又过了两个多月,同学们彼此相熟、基本上打成一片之后,荆永鸣原创的著名段子又有:"见面装装,背后嚷嚷,电话里逗逗,被窝里想想,蚂蚱眼长长。"我理解,这可能就是《诗经·关雎》的东北话现代版,等同于"关关雎鸠,在河之洲。窈窕淑女,君子好逑。求之不得,寤寐思服。优哉游哉,辗转反侧。"句子之中,除了把"窈窕淑女"换成"苗条大妈",或"腰条阿姨"以外,别的方面,意思是一样的。

二

对于鲁迅文学院作家班的认识,从史料上只能查出,从1950年秋天鲁迅文学院的前身"中央文学研究所"招收的第一期第一班(研究员班),到1983年下半年招生的第八期

（此时已经改称为"鲁院"）总共448名学员的情况，以后的届别和期数，因为手头没有现成资料，不知确切应该还有多少。有一次社科院文学所的陈骏涛老师找到我，说他应邀为大百科词典撰写有关文学方面的内容，想把"鲁院"作为词条收进去，但是一时找不到资料。听说我正在那里学习，就请我帮助去找些材料来。我请班里一个跟老师关系比较好的男生帮忙，从学院办公室复印来资料。一看，却是极其有限，只有一份中国作家协会文学讲习所教务处1984年9月编的《文学讲习所发展简况》，以及1997年7月18日《华西都市报》上的一篇一整版的采访。直到2003年1月临近毕业，我才偶然在逛小书店时发现一本刚刚由山东画报出版社出版的邢小群著的《丁玲与文学研究所的兴衰》，对于鲁迅文学院（确切点说应该是它的前身"文学讲习所"）的由来记录得很详实，从成立背景到成立经过，以及它高尔基文学院的办学模式、教学内容与形式，一一爬梳整理。书前还有谢泳为其作序。

拿到书后，如获至宝。这本书首先是应了我一时之需，得到了关于鲁院发展历程的宝贵资料；其次，见有人以这种方式研究文学史，也给我自己今后的研究展开了一条思路。遗憾的是，这本书的研究下限只到1957年11月14日，即作家协会整风办公室发文件、作协书记处决定停办文学讲习所并撤销这一机构为止。除去这本书以外，1979年十一届三中全会之后，停办20年的文学讲习所恢复招生，从这往后一直到2000年新世纪鲁院的历史，就无从查起，至少，资料比较零散，还没有这方面的专著来研究。为什么呢？或许是人们还没有来得及提高对它的认识，还没有想到，研究文学讲习所的兴衰，也可以成为研究中国当代文学史的另一个角度；或许是因为从它复兴之日开始，还没有出现一个像丁玲那样贯穿始终的人物，能让研究者以人物为统领，肩起这一段共和国文学50年发展历程中极其重要的、文艺复兴和文学复兴的历史。改革开放20年来相对平和的这个历史发展阶段，反而使研究者不容易提出有锋芒有价值的批评观点和立意选题。

然而，仅就鲁院来说，当代文学史上太多的历史兴衰、人物命运的升降沉浮，都曾和它有过勾连。只是大多数研究者不能够具慧眼慧心，去细心发掘求证罢了。匆匆翻阅一遍鲁院校史上的人员名单，就会发现，当代文坛几乎所有名家都从这里过了一遍。复苏以后的文学讲习所或叫鲁迅文学院，对于筑就新时期以后的当代文学史和培养造就一大批当代优秀作家来说，都有过举足轻重的作用。

三

这次我们这个研讨班的学习完全是供给制,全部由国家出钱。学院整饬一新之后学员入住。进去时屋里装修过的油漆甲醛味道还没有散尽。一个人一个屋,有十三四平方米,书桌、书架、衣柜、电视、电话、空调、卫生间俱全,类似于宾馆的标准间。总的说来,对于我这个当惯了穷学生的人来说,住处稍嫌奢侈。想起读本科时的八人一屋,硕士时的四人一屋,博士时三十大几仍两人一屋的日子,现如今,这可真是天堂一般的读书日子啊!再也不用端着脸盆拥着挤着到公共浴室洗澡,也不用担心自己的行动会影响同屋人的起居作息。每个学员都能有一份私人空间,这可以说是学习班能吸引人来的最大理由。这么说也许太过武断,或者说太形而下,低估了作家们的思想认识水平。但是,对于老大不小的、脾气禀性都已定型的中年人来说,漫长的四个月学习时间里,能有一间自己独处的屋子,可以在其间无碍地思考、写作,这还是比什么都重要的。据说学院里光是将原来的简陋的筒子楼宿舍装修改造就花了几百万元。

学校的院子虽然很小,也经过一番精心装饰。一进门,几棵巨大的雪松浓荫华盖,它们的历史与这块土地一样悠久。垂柳依依，芳草萋萋，一排排整齐的忍冬青，几株樱桃树和悬铃木，枝枝芭蕉，点点万年红，将灰白色的教学楼主体深深掩映。一条青绿色石子甬道延伸向庭院深处的假山石和品茗亭。山石状似嶙峋，呈现太湖风貌，取名"风雅颂"；亭为四角飞檐，红漆青瓦，雕梁画栋，取名"聚雅亭"。

一日，独自休息散步到此，我细细打量，见聚雅亭棚顶四周围描摹的是古典名著插图，很有前朝风范。鲁智深倒拔垂杨柳，只见那胖大和尚鲁智深铁面钢须斗大的脑袋，怀抱一棵小树使劲摇晃，细胳臂短腿像个猴儿。可见画匠们做工之糙。亭子以外，隔着栅栏就是马路。铁栅栏上涂乳白色漆，整洁美观，在外面可以往里一览无余。栅栏跟马路之间尚有一块草地隔开，有效避免了汽车行人等对校园的零距离骚扰。

改造后的鲁院，在北京十里堡这块脏乱嘈杂的地方显得过于美观，很显眼，出格，不像是应该在这儿存在的样子。它的周边环境，可以说要多差有多差。这里正位于北京东四环边上，城乡接合部，与《农民日报》社隔条马路相望。以前从作家刘震云的文章后边经常能看见落款：写于北京十里堡。"十里堡"这个地名大概因此而频频见诸热爱文学的读者耳目。多年前记得我曾经去过鲁院一次，确切地说是路过，是在陈染的带领下，跟着曾明了、萧钢几个朋友到十里堡中青社一个朋友家串门。记得我们是下午出发，在朝阳路上塞车许久才于夜幕降临时到达那条土路。进了十里堡路后尚需穿行有两站地左右。走了一半，忽然内急，萧钢就自告奋勇领我们到鲁院上厕所。因为那时她正在鲁院上学（或者是刚刚毕业），对那里内部地形比较熟悉。因为天黑，完全看不清鲁院是什么，急匆匆出来，又急匆匆赶路，"鲁院"就这样在我的记忆中一闪而过，没有留下丝毫印象，连那厕所的样子都没有记住。因而这次去鲁院送学员报名表时，从四环上的红领巾桥下来，七弯八拐便走错了路。最后向一个修车的老头打听，他一指身后：喏，这儿出去，往南，路北就到了。

四

现在，是白天，终于可以看清鲁院的地理方位。真是乱啊！真是荒凉、破败。用几个关键词来概括，那就是"臭河""红灯街""城乡接合部"。实在不晓得鲁迅文学院——作为全国唯一一所国家级专门培养作家的学府，选址怎么会选到这个地方来？这里远离城市中心，出了二环、三环、四环城市主干道，如果不是北京正在修建五环能把它环进去，它就正经应该属于是北京的郊区。它不是在大马路的街面上，而是凹进去，陷入深不可测的四环边上十里堡红灯小街的拥塞中。

在它的周围，没有一条路是畅通好走的。北边，从四环上的红领巾桥下来向东进到十里堡那条路正在翻修，灰土扬尘，本来就逼仄的路又被施工的护栏间壁起来，路面就只剩两条车道那么宽。南边，一条臭河滚滚而过，宛如城市巨大的下水通道揭开了盖子，就那么不知疲倦日夜奔流，咕嘟咕嘟冒着臭烟儿；再往南，朝阳路上，连接城区与郊区通县的一条老马路，夜晚白天都是车水马龙，堵塞得几乎挪不动步。东边，也就是鲁院大门正对着的那条小街，也是狭窄肮脏，仅容得两辆车擦肩而过。奇怪的是小街竟然无比繁华，卖百货的、卖减价衣服的、卖假首饰的、卖春药的、剃头的、修鞋的、修锁的、修车的、饭店、花店、新疆烤羊肉串、洞庭湘菜酒家、拉面店、小超市应有尽有。窄窄的路上，竟有两三家汽车修理厂，门前洗车的污水遍地横流。小发廊隔三五步一个，窗户上用油漆写着通红的大字：全套按摩护理；新婚离子烫。小商家敞开的门脸里垂挂着的一件件涤纶纤维衣服，只有在小县城才能见得到。如果没人提醒，这里完全不像是在北京，就像是在河北省的某个乡镇上。

最有讽刺意义的是，在鲁院雕栏玉砌古雅庄严的大门正对面，就是一家性用品商店。女子自慰按摩器、新型壮阳伟哥药物广告大大咧咧挂在门脸上。隔了没有一百米远，就又是一家。四个月里我们就与它朝夕相处，毗邻而居。刚开始，抬头低头都见那上边写的"电动棒"和"伟哥"，还颇觉荒诞而不好意思。日子久了，竟也能视而不见，久居鲍鱼之肆而不闻其臭。每天晨跑时出去，踏上这条小街，见隔夜的纸屑、尘土撒了一地，空气里充斥着一种腌臜的作乐、酗酒的酸腐气息。据说这条街是民工和野鸡出没之地。入夜以后，这条街不再适宜普通公民出去。

我想，任何一个对鲁院抱有神秘和崇敬感的人，乍一来到这条街上，都会大吃一惊。除了鲁院，这里没有一家像样的单位。连《农民日报》社也选在隔了一条马路的地方。唯有鲁院，门口那砖红色的文化墙、金色的匾额、乳白色清漆护栏，墨绿而高耸入云的雪松，庄重，谨严，颇像一个良家妇女，又有点像未出门子的大闺女，在勾栏瓦舍青楼浊淖之中，艰难、孤独，战战兢兢地保持着自己的一点贞洁、庄严和羞涩。并且，还多少显出了那么一点不合时宜。

五

开学报到的日期是在9月8号。北京正是秋高气爽，阳光怡人的季节。《人民文学》的程绍武老师亲自驾车,押车的是《十月》的青年领导人陈东捷同志。从北京以北的方向出来,顺三环上四环,带着一种爽洁愉快的情绪,说说笑笑,沿着伟大祖国首都美丽的康庄大道,一路奔驰,去向那个心仪已久的地方。蓝色的天空像大海一样,广阔的大路上洒满阳光。穿森林过海洋来自各方,年轻的朋友们欢聚一堂……车行至此,不知为什么,我的心里充满了50年代《青春万岁》里革命小青年的美好情绪。绿色的田野,金色的河流,到处都飞扬着欢乐的歌声。我们生产,劳动,热爱生活。所有的日子,所有的日子,都来吧,都来吧……

多么单纯,悠扬。想想,走到今天,也是多么不容易!对我自己来讲,曾经何等黯淡地走过了2002年夏天世界杯的溽热,走过了春天遮天蔽日沙尘暴的焦灼,走过了冷酷寒冬不堪回首的长篇写作,走过了一年伊始新书发行上市时、那些无奈的签名作秀的日子……如今,终于跋涉出沉重的泥泞,云破日出了。

> 远方的云使捎来秋天和美醇厚的气息
>
> 万物成熟
>
> 大地凝重

鲁院教学楼一进门的报到处，热闹非凡。在这之前，关于这个学习班开班的事情已经在坊间和业内被议论许久，就等着开学典礼之后学员正式名单以及有关事项在媒体上发表。到了一看，果然，许多外地同学都已经先来，其中众多都是老朋友。免不了一番拍拍打打，热情相拥相抱。《人民文学》杂志的程绍武和《十月》杂志的陈东捷两位领导分别代表其本人和其组织上，忙不迭楼上楼下乱窜，到各个房间看望大家。光看望还不够，晚饭的一顿接风宴在所难免。

老朋友见面，兴奋度比较高，相当于二锅头白酒的酒精度数那么高。安顿好了一应事宜，就差不多到了晚上。十来个人，去了《农民日报》社北边一家烤鸭店。从外表上看，那家店的门脸装潢还都比较像样，红门楼、侍应生、旗袍领位小姐一应俱全，不像是会有什么假酒假药之类的暗藏在操作台底下。找了个大的包间入座，叽叽喳喳，唧唧啾啾。一坐下就开始使劲说话。我们这里，女生有戴来、孙惠芬和我，男生记不大清了，好像有山东刘玉栋和宁夏陈继明同学。地主的人员构成里边，除了程绍武、陈东捷两位之外，居京作家老虎也在座。喝酒方面，程绍武因为开车，属于被限制饮酒一类，结果就由陈东捷和老虎两位带头敬酒慰问大家。

秋天正是能喝的季节。秋风飒，美酒急。也不是什么美酒，破二锅头。原是惦记着给编辑部省钱，也是怕要了好酒会有假。结果，想不到最后还是栽在这酒上。老友见面，一高兴，一说话，一敬酒，人来疯，聊发少年狂，这酒喝得就没谱了。没谱是指端杯敬酒的频率高，光敬酒，不吃菜，忙说话，喝得急。谈笑之间，一瓶一瓶喝下去，不知干掉多少。喝得最多的陈东捷和老虎两位地主，喝完随车走了，不知后事如何（几个月以后东捷坦白他那会儿也不行了）；其次喝得多的就数戴来和我。结果，我们俩都没能逃出假酒这一劫。临近散席时，戴来当场倒下，是被程绍武扛回宿舍楼上去的。这一点，当时在鲁院里的地球人都看见了。

六

我倒下的时候，没有人瞅见，自己在人去茶凉夜半三更的时候偷偷发作。先还没事人一样，跟众人回去，还嘱咐程绍武慢点开车。等到人都走了，各自回房间安歇以后，下半夜才开始酒精发作难受折腾。没有人安慰，独自清醒着受罪。翻来覆去，一遍遍吐出胆汁，比死还不好受的滋味。初来乍到，夜黑风高。恐惧，无助，不熟悉地形，不知道该找谁，想忍到天明再想办法。从三点钟熬到凌晨五点，终于挺不过去了，知道必须赶紧去医院。于是用残存的意识拨打了

120急救电话。值班医生问明地址，说一会儿就到。

起床，穿衣。抬腿时，却发现已经虚弱得下不了楼。只好打电话求助隔壁的孙惠芬。阿芬在睡梦中被我惊醒，得知此事，二话没说，起身穿衣出门，扶我下楼。静夜里，120急救车在鲁院大门口红灯闪烁，瘆得慌。好在同学们都在睡梦中，无人看见。这要在白天，得惹多大娄子和恐慌！

有了依仗之后，就把自己全都交给阿芬了，软得一摊泥似的。初步诊断是酒精中毒，已经远远超出醉酒的界限。怪不得，醉酒从来没被醉得这样缺德。以前不管是微醺还是酩酊大醉，都是飘飘然、失去记忆、陷入幻境。最坏的结果也不过是呕吐一番、昏睡过去。醒来以后，却发现太阳变得像是新的。除了怀疑这酒有假，掺了工业酒精之类的玩意以外，似乎没有更好的解释理由。

在急救车的床板上躺下，开始打针输液。以前听说过有洗胃一说，问大夫能否给洗洗。回答说晚了，酒精早已经到了血液里，洗不出来。只能是输液，让药水冲洗稀释血液。挂着吊瓶，给转到了朝阳路医院急诊室。交接好了情况，120撤了。我就躺在空荡荡的急诊室里继续输液。阿芬陪坐在椅子上，跟守护亲人一样陪护着我。

一上午的输液、打防呕吐针，身体被劣质酒精给烧灼得难受,像躺在波涛汹涌的大海上,心跳急遽,眼神不能聚焦,意识时时都要飞散开去。只能是大口呼吸,平定心跳。可怜阿芬,大概也没见过这阵势,被我折腾得不知如何是好,一会儿给买来矿泉水,喝了一口,就吐出胆汁。隔一会儿,阿芬又出去买来稀粥,还细心备至地买来羹勺。我一边难受,一边愧疚,心说若不是我上辈子欠她的,就是她上辈子欠我的,每次两个人碰到一起,肯定都是要承她照顾。那年一起去西藏时也是,一路上竟是她跑前跑后,不光照顾我,还照顾到大家,把人都给照顾出依赖性来了,谁一有事就喊她。一见她那光洁如瓷器的脸,密漆漆的睫毛,慢慢悠悠的说话声音,就令人产生一种笃定、信赖、安全感。阿芬,说起来,是我连累了你、对不起你啊!

开学第一天,上午还有开学典礼以及学前教育,阿芬没忘了打电话回去找人替我请假。一会儿,荆歌的电话过来,埋怨我说:"你怎么搞的嘛?别往外声张了,待会我跟班主任请假,就说你感冒发烧了。"荆歌也是多年的老朋友,到底是个男人,南方才子,心细,处事有规则,关键时候知道怎么处理。刚请完假不一会儿,没想到,班主任高深老师打来电话来说,他要过来看望。这下可把人给慌的,赶紧劝他别来,说没事儿,待会儿打完这瓶就回去了。老爷子六十多了,满头银发，精神矍铄，个头有一米八二，差不多是我们班个头最高的男性。一说要来，就怎么劝也劝不住，待会儿，老爷子还是来了，身后跟着小女老师张小峰，手里捧着鲜花。小张老师是北大曹文轩老师的博士生，今年刚毕业分配来鲁院工作。

这下把人给紧张的，酒晕加上羞愧，病情又加重了一层。待两位老师走后，又多加吊了一瓶生理盐水。直到中午时分，才把两瓶水滴完。由阿芬扶着，怀抱鲜花，满面蜡黄灰溜溜回到学校。

不知哪个耳报神，将消息传得这么快，人还没到校，地球人就又都知道了，而且知道的内容还是：戴来喝酒喝坏了身体半夜去医院输液。真是冤啊！把个小戴来冤得跟窦娥似的。但是，这种情况下，我也无法挺身而出，到处去解释说那事儿是我干的。

这一天，在我个人的生命履历表上，真是终生难忘：第一天在鲁院上学；第一次酒精中毒；第一次拨打120；第一次撒谎被人送花……每想到此，心里都比较郁闷，非常有见不得人的感觉，以至于开学后一连好几天都打蔫儿。等到身体慢慢缓过劲来，将中毒的惨痛慢慢排泄掉以后，就开始一点一点大言不惭地安慰自己说：算了，别内疚了。朝前看吧！就当这是鲁院的见面礼或者年轻的证明得了！

七

开学的第一周,没有正经课,全是在强调纪律。什么样的纪律值得强调这么久?常务副院长雷抒雁上台讲过以后,跟着几乎学院每位在职教师都上台强调讲了一遍。座下学员开始产生隐隐的不安,感觉到鲁院的老师是把学员放在了对立面上。私下里大家纷纷议论,胡乱猜测,有点摸不着头脑,也渐渐产生逆反。个别同学甚至预备收拾行李打道回府。人们在考虑如此下去四个月的话,该怎么活呢?多数学员最初来时,并不了解这里具体的情形,基本上都是把它当成一种光荣而来,是在名额有限的情况下被本省市选拔、推荐上来,普遍的打算是能够到京脱产学习四个月(个别在家"气管炎"的男生是为了临时脱离老婆的监管、离家自由一番),扩大知识面,来结识一群新朋友,同时也利用这段时间到京城各个熟悉的出版社杂志社走动走动,联络联络感情。这下可好,被学院老师连损带强调的弄得丈二和尚摸不着头脑,心里别扭极了。

说起来,这些学员也是一群被作协体制和作协会议培养出来的成人作家,身上已经带了许多作家"痼疾",诸如"自由""散漫"等等。(翻译成漂亮话也可以叫做:自由独立思考精神，浪漫的个性，独立不羁的性情。）这些人活到三四十岁，既敏感又自尊，既脆弱也自恋，几乎是在各级文化部门领导口称"和作家交朋友"的官话自谦当中被蒙骗、捧哄着长大的，以后开会见面谁要再不拿这种口气说，就觉得人家那就不叫个话，说得越多，听得越不耐烦，终至产生逆反。最初的日子，老师和学员都拿摸不准彼此的态度感觉，不知怎样应对，情形略微有点紧张。

经过一段时间的磨合以后，大家的表现让老师们的神经渐渐松弛。很久以来，大概他们都没能看到表现这么好的作家了。他们如此老实巴交，如此有礼貌，懂道德，知道按时起床、吃饭、睡觉，上课注意听讲，下课向老师请教，不迟到不早退，不多言不多语，不该说话时候不说，就连研讨会上该说话时都没人说。老师们放心了，长出一口气。师生关系也逐渐融洽。直到这时，老师才肯说"为大家服务""和大家交朋友"的话了，学员也真诚地称呼对方为"老师"，知道他们都是友好善良的，不是有意拿学员当三孙子损斥教育。彼此心中的疙瘩，这才慢慢开始解开。这时人们才知道，原来，这几年鲁院招的各种社会班人员成分太复杂，身份五花八门，水平参差不齐，也确实出过几档子事儿，破坏掉了老师对所谓"作家"们的感觉和胃口。他们就将以往那种强调监控管理的强硬、刚愎、启蒙、训诫的姿态顺势带到这个班上来,以至于引起了误会。

所以,等到看到这个班在四个月的时间里,啥事儿也没出却尽出成绩时,老师们放心松了一口气。同时,这平静如水的学习生活也颇让院外那些关心鲁院、热爱文坛、叽叽喳喳等着盼着看点热闹的人失望。

说起来,也都是老大不小、有世界观的人了,还能有什么热闹可出呢?况且,鲁院这一期的严防死守,也不给出热闹以起码的条件。

八

就说那大门。那不像个文艺院校的门,颇有点像古代军机处的大门。尽管鲁院的周边环境极尽凶险,然而,一进了大门里头之后,还是相当安全,也可以说是绝对安全。大门口一排平房住的是门卫,那些把门的小伙子都是从保安公司请来的,机器人一般,极其负责。没出两天,就把全班同学面孔记熟,其他外来人员进门一律登记,到了规定的锁大门的 11 点,就拎着手电和电棍上楼轰人,决不例外。别说生人了,学院里就连一个没有暂住证的蚂蚁也休想进入。四个月时间里,除了院内工作人员和在籍的学员外,还有一个人可以自由出入,那就是作家出版社的张懿翎。懿翎同志第一次来找我们玩时,因为滞留时间晚了点,保安上来清人。懿翎跟他们大吵,说我不跟你们说,打电话我找你们院长说。后来,胡平副院长就特地写了个条子,言明对于懿翎同志以后要特殊照顾,出入自由。那张字条就压在门卫玻璃板底下,手写体,字体遒劲,出入的人都看得见。我们每次来回路过,都顺便读一读,读完就直想笑。

门卫也有看走眼的时候。有一次晚上大家出去吃饭,回来时天已经很黑了,一群人叽叽喳喳,说说笑笑进校门。门卫独把谈歌截住,要求他出示学生证。老谈先是一愣,然后眯缝起眼儿,呵呵笑说:"啊?就看我不像鲁院学生?啊,呵呵,就看我不像鲁院的?"把大家伙儿逗的,笑得哏儿哏儿的,说人家没看错,就你不像鲁院学生。

吃饭呢,就在宿舍楼对面二层小楼底下的食堂里。其实全鲁院总共也就是面对面两栋楼,一栋五层是宿舍兼教室,其中还留出半边可以做客房招待来宾。另一栋两层小楼,楼下是食堂、图书室和展览室,楼上是办公室。拉开寝室窗帘,对着的就是教师和院长办公室的窗户,他们的一切活动尽收眼底。吃饭不用自己带餐具,有公用的碗碟,每次用餐后消毒,免去了个人洗碗的麻烦。(北京后来发生了"非典",这项便利也许今后就会取消了吧?)每人每月预交450元的伙食费,发一张餐卡,吃一次由炊事员划掉一次,月底统一结算。这个班名声大,招人,被外边来人请客的次数太多,经常有人不来食堂吃。每顿饭食堂都是预先按照人数下料,不来吃的那份就浪费了。于是就出台一项政策,谁不来吃饭,至少提前一顿饭时间打招呼,让食堂少备一个人的饭,不打招呼者,按来吃处理,饭钱照收。但是被请客往往都是随机性的,有时快到吃饭点了才被朋友拉出去撮。还有的是开饭时间到了,人进了食堂,像猫一样逡巡一圈,四处嗅嗅,一看就没了胃口,于是转身出去,宁肯不吃,或者吃一袋方便面对付,到夜晚再自己请自己或自己请别人一顿夜宵。尤其是晚饭,这种情况比较容易发生。

以前见王安忆写的《回忆文学讲习所》里边讲到,她1980年来北京文学讲习所学习那会儿,食堂饭票还分米票和面票,限量供应。她一个南方人吃不惯面食,闻到蒸馒头的发酵粉酸味就要作呕。米票不够用,她就跟食堂卖饭的人商量,能不能面票当作米票用,卖给她一顿。食堂窗口卖饭的人坚决不肯通融。这时,排在她后边的吉林作家王世美目睹了这一情形,二话不说,从兜里拔出一捆米票,"刷,刷,刷"抽出一堆米票在她面前。(王安忆:《回忆文学讲习所》,

《王安忆作品系列·茜纱窗下》,上海文艺出版社,2002年10月,P55。)

如今,20年过去,生活水平提高了,新的矛盾也相应出现。文学讲习所食堂的问题已经不是分发米票面票、如何让南方人能顿顿吃上大米干饭的问题,而是动辄做完了饭没人爱来吃的问题(即便是照扣饭钱他们也"照不吃不误",而不是"照吃不误"),以及同学们要求早餐加牛奶的问题。尤其是女生,在吃了两周的早餐稀粥咸菜后,就放出风来说,我们中老年女性比较缺钙,连续四个月喝不到牛奶,回去摔个跟头骨盆就碎了。食堂一听,从善如流,果然就给每人早餐加了一袋牛奶。

伙食问题上出现的"不吃"矛盾,直到毕业,始终没有解决。没去吃饭照旧交钱还是小事,主要是浪费太可惜了。估计这也是成年人的集体生活中永远都不可能解决的问题。进入新千年以后的中国,"吃饭"早已不是单纯一个填饱肚子的问题,而是构成日常工作生活中极其重要的一部分,是应酬社交也是增进感情的一种重要方式。这种交往和联络,根本不可能拘于食堂内窄小的空间里解决。不吃饭,不宴请,不和朋友们在酒桌上增进感情,这四个月的北京不是白来了?

九

鲁院的授课方式仍旧是采取讲座制度,从外面请来专家学者以及有关方面的官员来讲座。这里说的"仍旧",是从个别以前学员的回忆录或小说里得来的信息。文学专业方面的课程占的量不大,跨学科的讲座比较多,政治、经济、军事、外交、音乐、戏剧、电影、舞蹈……包罗万象,十分丰富,这一点比较符合学员们的实际需求。外交部部长李肇星、科学家秦大河、舞蹈评论家欧建平、流行乐坛评论人金兆钧,甚至小品演员黄宏都被请来讲过课。电影观摩课上,《罗拉快跑》给人留下深刻印象,因为放了两遍,课堂上一遍,晚上又放一遍。影片一开始,钟表滴答,重低音,高分贝,使钟表摆动的声音像重锤,哐哐哐哐敲打。不这样,不足以表现电影内涵。那个电影学院的青年教师(记不得他的名字了,好像是原先邀请的人有事没来,他是替人上课),十分有激情,长发披肩,体态清癯,形体语言丰富,尤其对《罗拉快跑》有着特殊的偏好,讲着讲着,不由自主走下前台,直站到第一排坐着的同学面前,手舞足蹈,眉飞色舞。讲授舞蹈的欧建平在讲到诸如芭蕾舞的开绷直立以及现代舞的自由奔放时,也常有一些身段。他用台上的教学影碟机放现代舞教学观摩片,怕不能够引起学员注意,不停地在要害处惊呼:快看!快看!那脚背!世界第一脚!

在文学科目中,《红楼梦》大概是每回必讲的,这也是我从前人回忆录和文章中得出的信息。比方说王安忆学习的年代,讲授这一课的是吴组缃,另外我在《山花》发表的一个鲁院毕业生写的小说里读到,给他们讲《红楼梦》的是钱理群。我们这次邀请的是王蒙来讲。很早以前,我就在《读书》杂志"欲读书结"专栏里读到过他写的有关《红楼梦》的评论方面,后来还成书出版。这次当面聆教,感觉自有所不同。若干年过去,似乎对待个别问题他又有了新的了悟和诠释。他总结出了《红楼梦》的"五性":人生性、总体性、本原性、隐喻性、挑战性。在"人生性"上他讲得最多,最深切。我个人理解,他是借一部《红楼梦》,陈述自己的人生经验和哲学。果然不久以后,《王蒙自述》新书上市,里边的基本思想脉络与他对《红楼梦》的评述是一致的。

文学课程的安排很有趣,雷达先生开第一讲,《当前中国文学发展态势》,李敬泽副主编压轴,讲《未来我们的文化文学走向》。上课期间我一直坐在最后一排,抬眼就能够看到所有课程的听课出席情况。有趣的是,不经意间就观察到,所有课程当中,只有胡平副院长的课听课的学员满员。其他的课，怎么也会有一两个请假缺席的。由此看来，这个班的思想教育和纪律强调根本不用搞。人人心里都有一杆秤。

我们的政治学习和时势教育始终没放松。除了请来党校专家讲授专门的理论课之外，平时也要求学员们看书读报，自觉学习。各组小组长每天按时给组员发放免费赠阅的《文汇报》和《文学报·大众阅读版》，以及时了解时势和文坛动态。十六大召开的当天，除了组织学员们即时收看电视直播以外，班主任老师还命令班干部上街买当天的晚报，然后挨个屋子送，让大家在第一时间里读报学习。我们组的组长于卓同志送报时特别文明，从不轻易敲门打扰，而是从门板下面缝隙往里塞。每天下午四点，准时就能听见门外纸张声音"哗啦哗啦"一响，接着，见那报纸"嗖"的一声，从门缝底下滑进来，"吱溜——"一下，一气滑到对面暖气管子下面。不知是鲁院装修完的门板缝隙过宽、地砖太滑，还是他的力气大？每次我都纳闷：他到底是用手还是用脚把报纸弄进来的呢？等到起身开门去看时，却早已不见人影。

十

除去上课、导师辅导以外，跟学习有关的内容还有几次研讨会。有两次学员作品讨论会，给人留下印象深刻。第一次的作品研讨会是开学不久，9月25日下午开的，孙惠芬、关仁山农村题材作品研讨会。第二次是雪漠作品《大漠祭》研讨会，临近毕业的时候开的。之所以印象深刻，是因为第一次会上记住了评论家李建军；第二次会，组织上事先指定我要去给发个言，谈一点学习体会。所以就事先把雪漠著作拜读得十分仔细，在会上听别人发言也听得比较认真，没有企图逃跑或者溜号什么的。

第一场孙惠芬、关仁山农村题材作品研讨会，由胡平副院长主持会议，主席台上就座的有副院长白描、评论家李敬泽和李建军。白描副院长肯定两位作家的成绩，说两人都有直面现实的勇气；都对自己笔下人物充满同情，有深厚的情怀，写人时从里往外写。李敬泽则总结出写农村题材之难：1.社会历史意义上的认知之难；2.经验认知之难；3.立场之难，容易很轻易、轻率地采取"在底层"的立场；4.资源之难；5.对农村生活的"诗化传统"，过于诗化会妨碍小说的力量。最后，还找出一点不痛不痒的评语说，关仁山是"没有耐心的叙述者"；孙惠芬是"过于耐心的叙述者"。

李建军的发言，一上来就把人打懵了，因为他主要是提缺点，并且挑出了作品当中一些他认为是字词方面的毛病，提得忒狠。我记得当时都听得有点发傻，懵头懵脑的。因为很少有人在研讨会上面对面地提缺点。以前拜读过他的文章，也是才子气十足，当面听他讲话却还是第一次。于是我就猜想，也许他是特立独行，也许是过分书生气，使得他不像座下同龄老江湖们一样，看不清水深时就将金口紧闭，打也不开口，骂也不发言。从这一点上说，他还是很有性格的。

雪漠那场讨论会跟前一个不一样，不是内部讨论，规格比较大，请来了雷达、丁临一、李建军、林为进等相关批评家，还邀请了媒体记者参加，是一个正式的作协研讨会的样子。学员方面，组织上事先安排的柳建伟和我给发言。雪漠是由雷达先生推荐、因着《大漠记》而获得第二届"冯牧文学奖"新人奖的作家。所以研讨会上基本上是以表扬优点为主，开得很顺利。后来报纸上登出的宣传报道，据说不是很令人满意。具体怎么回事，也不太清楚。因为会开完以后，大家又分头忙自己的事去了，只是后来在公开场合听到胡平副院长讲课时提起，当时的宣传稿件他自己没能事先过目一下，就拿出去发了，以致引起某些被动。他还因此表示了道歉。

那个时候我们总是在不停地发出声音，充分表明鲁院这个班的存在。除了写文章、接受采访、开研讨会以外，组织上还指派几个学员搞了另外一场对话，题目是《将小说进行到底》，非常有针对性、有实际意义的一次对话。负责教学的胡平副院长委派罗望子来组织、召集，参加人员有西炀、许春樵、张小锋和我。还有中国作家网站的袁继彦来做记录。在三楼的大会议室里，罗望子的开场白说：大家都注意到了，一个现象：我们这个班开班以来，影视公司的人往鲁院跑得勤。谁的作品能被影视公司看中，就说明作家创作的成功……

记得我当时曾半认真半开玩笑地打断他说：你想要把我们引到邪道上去呀？被影视公司的人来找那能算什么标准？

罗望子似乎有点不高兴，说：我这不是做个话引子嘛……

他这么一说，我立刻闭嘴，感觉到自己唐突了。同时也很惭愧，赶紧扪心自问：是不是因为影视公司的人没有频频来找你，你就在心里不肯承认那些频频被找，或主动找人者的价值？这不是酸葡萄心理是什么？太阴暗了吧！

影视公司的人不来找，自卑死吧，你！

后来我就不说话了。其实我们是在讨论文学与市场的关系问题。"小说"代表文学，"影视"及其公司的人代表市场。如何编排这两者关系，不是通过一场两场讨论就能将观点统一在一起的。其结果只能是各抒己见，各怀心腹事。

成年人在一起，其可恶之处就在于：世界观定型，没有可塑性。反正是组织上派下来的任务，简单说两句，完成任务就得了，无非是为了发出声音。如果真要阐述自己观点，需要写文章仔细论证、认真推演才能说明道理。胡平副院长也参加了我们的讨论，他的话不多，我觉得说得特实在。他说：你认为自己写小说能写出来，你就写；写不出来，你就搞搞影视干点别的，关键是要力所能及。影视比小说好写。小说注重心理描写，而影视摒弃心理描写。

后来这篇对话也在报上发表出来。既然我们是写小说的，就只能叫《将小说进行到底》，给小说家长长志气。小说家们在这一年也的的确确大大的丰收。就在我们学习的这一段时间里，班级里的同学就频频获奖。《当代》杂志的文学拉力赛，我们这里有孙惠芬、邵丽、艾伟获奖，编辑部索性将颁奖会移到鲁院教室来开；北京的"老舍文学奖"，我们班有衣向东和曾哲获奖，曾哲还同时获得了北京市政府奖；《小说选刊》年度奖，我们班有孙惠芬和荆永鸣获奖。这期间，关仁山的长篇小说《天高地厚》，作为向十六大献礼图书，还在中国作协开了规格很高的作品研讨会。

十一

校园实在太小，学院里没有操场，甚至没有院子，一条水泥路面只能当作过道，不要说体育项目诸如跑跑步打打球什么的施展不开，就连行人走路、两辆车错车，都要小心着点,一不留神就会互相刮了蹭了。想一想,当年,莫言他们那一拨人的年轻岁月,也是在这里度过的吗?当年的条件还没有现在好,他们又是怎么过的?

教室在五楼,可以登高望远。从五楼教室窗户往北边望下去,只见位于教学楼下方,跟鲁院一墙之隔有着方圆很大的一块地皮,那里荒草丛生,只有一排简陋的小平房,看不到什么人。偶尔会发现有几个模样像卖菜的中年女人蹲在草窠子里尿尿。从平面看去,人瞅不见,殊不知,高处有眼。课间休息时往下一望,随时都能看见几个。偶然一瞥望见时,我就总在心里估摸:那块地皮如果盘下来,正好可以修建一座巨大的操场或足球场。当初鲁院初建的时候,为什么没有盘呢?

的确,作为学校,没有操场,没有一个供学生散步活动的地方,是显得有点遗憾。主要是身体憋闷得慌,得不到伸展。鲁院周边环境又是如此不堪,几天的上课学习坐下来,就感觉哪儿哪儿的器官都是窝着的,很不舒服。开学第一周的周末夜晚,我从家里返回学校时,上到四楼女生宿舍走廊,只见新疆来的王伶正率领着全体女生在楼道里做操。大家都光着脚踩在地上,伸臂弓腰,跟蛇一样,大概做的是瑜珈或者类似的柔软体操。以后,就没有见过这种集体做操的景象，倒总是在早起跑步时会遇见湖南的薛瑗瑷和四川的冉冉在坚持晨练。

跑步也是因陋就简，就围着那栋宿舍楼跑圈儿。半径太小，跟驴拉磨似的，很郁闷，也枯燥。一圈，二圈，三圈……自己数着运动量，还要踮起脚尖，尽量避免落地发出太大声响，影响楼里正在睡觉的人。在楼周围拉磨拉到一定圈数后，再到小亭子旁边去抻一抻，踢踢腿，伸伸腰，晨练功课就算结束了。也曾经跑出过大门外两次，不行，街面还是太脏。而且，早早地，周边红灯街商业街上的人就都出动了，也很乱，不适宜晨练。

运动锻炼的问题不但困扰着我，也困扰着大家。开学后不久，同学们向班委会提出增加娱乐运动设施的要求。囿于场地条件的限制，别的器材都搭建不起来，只在门厅里架设了一张乒乓球台。这下可好，就见那些已经憋得冒火、浑身是劲的同学们（主要是男生），把浑身的火力全都冲着那个小球使出来了。球台自从搭建那天起，就没见闲过，除上课和夜晚睡觉时间外，其他时间见天被占着。最先见的是葛均义、于卓等几个北方男生，总是在那儿满头大汗地挥拍。黑龙江来的葛均义球打得最好，极专业，人也好，总是面带笑，好为人师，一个学期里，启蒙培养出好几个女学生，一直坚持到毕业；于卓则打了一个月的球之后突然息球挂拍，球台前踪影皆无。后来看见南方的几个人荆歌、罗望子他们打得也不错。有时露天里会有人打打羽毛球，但因为对天气风向的要求太高，也打不起来。

刚来那会儿，大家还有一些集体相邀出去散散步、聊聊天的冲动。既为互相熟悉，也为熟悉地形。吃过晚饭以后，互相招呼着，不管谁是谁，遇到谁算谁，一起往外走。没有什么具体目标，最远散到了四环边上的红领巾公园。一到了这里，齐声叫好，简直像到了世外桃源！嘈杂闹市之中，竟有这样一处安静所在。公园占地面积很大，横跨四环路，应该说四环路把公园当腰切割，四环里一半，四环外一半。为了不将公园的整体面貌破坏，所以环路是用桥架起来的，从公园的湖水上飞跨过去，能够看出这里原来是破败的荒地，经过缜密的人工规划，才将它修整为园林式休憩地。一进门露天两边雕有雷锋、刘胡兰等英雄的石头雕像，看到牌子上的说明，似乎这里主题是青少年教育基地。树木葳蕤，绿草茵茵。甬道、栏杆、秋千、山石、盆景、长椅、儿童游乐园……一应设施俱全。再往里走，是一片很大的湖，即使是在秋季里仍旧能见到湖水波光荡漾。而冬天雪霰之后的清冽湖水中，还有羽毛艳丽的鸭子在破冰野浴。再往深处走，很大一片区域之上，荒草茂盛，呈现原生态结构，相邻尚未扒掉的几座院墙，证明周围是尚未挪完的拆迁之地。

公园的整个占地面积有鲁院十几倍之大。一见这开阔的场地，我禁不住惊呼：能不能把这里盘下来给鲁院当操场？！话音未落，横遭同学们一顿嬉笑奚落。

自从第一次发现这里后，红领巾公园就成了一块宝地，实在憋闷时就到这里散散心。我们曾经在深秋的傍晚来这里雀跃、荡秋千，也曾经在冬季第一场雪花飘落时，来这里深夜踏雪。红领巾公园固然是好，但从这儿到鲁院来回的路不好走，两站地的路程，布满灰尘和泥泞，外加汽车横冲直撞、乱鸣笛按喇叭的声音，很妨碍我们经常前去的恒心。只能逢重大事情到那里转一圈以示纪念。况且，到了学习后期，再搞集体散步，也纠集不起人来了。

在冬季黄昏那些郁闷的傍晚，我总是穿上棉猴、戴上手套，把自己裹得严严实实，然后独自出门散步。从鲁院出发，向南，走到朝阳路上，望见华堂商场之后，再向西，经过慈云寺桥，走到东四环边上，折向北，奔红领巾桥，从桥底往东，经过红领巾公园，奔十里堡然后再返回鲁院。虽然路经红领巾公园，却不适合一个人进去，那里面毕竟地处偏僻，里面暗藏着诸多不安全因素。围绕着鲁院的这一圈路程走下来，需要40到45分钟。

十二

有组织的娱乐活动也不是没搞过，诸如节假日里的卡拉OK演唱，食堂里的中秋舞会啊等等。因为过节的时候我都是回家，没跟同学们一起待过，所以谁唱得好谁跳得棒我也没见着过。同学们还搞过几次社会实践活动，到北京郊区摘苹果，去延安和西柏坡接受革命传统教育，因为我都去过，也就没有再跟着前往。

现在想起来，错过那么多正儿八经的集体活动，也就错过了许多通过活动相互深入了解的机会。这种遗憾，当时不觉得，只是在毕业两个月后，从陕西的夏坚德大姐发给我的e-mail中感受到的。她是借"三八"节问候之机写道：

坤同学：好！一直想与你成为好朋友，但是你太客气了。借张梅一文仅向你致意咱们的节日愉快。闲了来西安玩。祝健康。坚德。2003年3月8日。

随信寄来了她写的回忆鲁院的文章：《鲁院的记忆·7·张梅——斯人幽雅独立》。文章写得很漂亮。描写张梅时文笔充满灵性、隽永，又十分性情，简直把那个媚眼儿写活了。到底是有心人,毕业以后就开始回忆。文中夏大姐还提到,"我初来鲁院上学最高兴的事情就两件,一是可以见到张梅;二是可以从徐坤同学那里要到市面已经脱销了她写的小说《春天的二十二个夜晚》。结果这两件事都很如愿。"她这么一说,我很惭愧。想起当初她来要时,我还很不情愿给这本书,而是给了另外一本自认为能代表自己的写作水平的中短篇集子。夏大姐虽陌生,却也执拗,每次见面都问:书给我带来了吗?带来了吗?没办法,一看躲不过去,只好送她一本。过后有一次她还特地到我屋里来跟我谈。我却很闷,不知道该说些什么,只是适当表达了几句学习完她的著作以后的心得体会。

既然已经是《鲁院的记忆·7》,那么她写的一定是一个系列喽。于是写信叮嘱她不要忘记将美文寄来共欣赏。果然,不久,她又寄来另外一篇:《同桌无话别》,记她的同桌、新疆诗人刘北野,写得非常传神。开篇写道:

> 我的同桌新疆诗人刘北野,留着雄狮般黑卷披肩的长发,迈着武士样的步伐,目不斜视,沉默寡言。第一天上课,他一直看我的桌签就是不看我。我问他你看啥呢?他才开口说道,原来你是个女的呀?

我笑。他依然看着桌子没有表情地说:"我看过你写的足球散文,还以为你是个男人。"我又笑。

夏大姐身为一名体育名记,又是贾平凹的老乡兼铁杆朋友,在知人论世、观察生活细节上的功夫果然了得!

看过夏坚德的回忆录后我在想,的确,每个人都有自己的鲁院,每个人都有自己心目中的鲁院同学。有各种各样的因素影响着我们对世界的看法,影响着对彼此的判断和认知。比方说,刚来没多长时间,班里女生中间就流传有"三个男子汉"之说,大意是说咱们班上有三个人最像男子汉:第一是刘北野,第二是曾哲,第三是卓。消息传来,我本能地问了一句:是哪个北方女生评的吧?细一打听,果然是一个西部女生评选出来的。这就对了,一看就是以规模论效益,选的都是虎背熊腰、肩宽背厚的那种。

夏坚德文中还提到鲁院同学在一起打牌的事。她说,"北京正在风行的扑克牌玩法是两副打对家的双扣,也叫'拖拉机'。男女生玩起来,男要数罗望子、衣向东、吴玄,女就数张梅、徐坤、戴来了。罗望子严格,衣向东猴急,吴玄精明,徐坤深沉,戴来随意,而张梅是集大家之所长者嘻哈笑闹,不焦不躁的……"看了以后,觉得有趣,心中纳闷我们玩牌的时候，并未见夏大姐在一旁当裁判或观察员啊！她是怎么得出判断的？玩牌的成员里未提到荆歌，可算是个疏漏，那可是个大玩家，就连"双扣"这种玩法也是到他们南方去了几次后跟着学会的。

鲁院能够有的娱乐，也就限于上上网、打打牌、发发手机短信什么的。即使这样，对我来说，这里的学习生活仍然是快乐愉悦的。因为，在这里学习，不考试，不用交作业，没有什么压力和负担。太幸福了！不尝学生的苦，就不知作家的福。当一名中国作家，太幸福了！

十三

进入11月以后，大地已经被一片萧瑟所笼罩，秋天尚未褪尽，冬天的严寒业已降临。两个月过去，最初的紧张新鲜劲消失，人们开始进入心理疲怠期。没有什么好玩的，只是同学们偶尔聚一聚，喝点酒，才能在日复一日的疲沓的生活中让人兴奋起来一下子。

记得那天是刚进入11月后不久（确切地说是11月5日，因为我让雪漠在我的本子上记下了他昨夜晚唱的歌词，并落款注明了时间），晚饭已经吃过。不知因什么由头而起，可能是夜晚呆得实在太闷吧，几个人随便招呼着到外面喝喝小酒去。院子里,一招呼就是一大群,阿芬、我、于卓、媛媛、金瓯、雪漠,大概还有吴玄,一起出院门,信步走进一家烤羊肉串店。这里不知是谁常来的店,跟老板熟络,酒菜也还算有准儿,没谁吃坏过肚子。就要了一扎啤酒,又要了一堆烤羊肉串,一边闲聊天,一边打牙祭。正巧巴音博罗也从外面进来,就招呼他坐下一起喝。巴音看样子是刚从外面喝完回来,有了一些酒气,坐下来就在阿芬身边一个劲儿地跟她说话,说他这次来鲁院跟阿芬是"幸会幸会",以及他们辽宁作协的什么什么的。他自己说得热火朝天,别人在一旁也听不大懂。估计阿芬也听不大清楚。

雪漠和媛媛我们这边也聊得特别高兴。媛媛很有酒量,两个月以来却一直深藏不露,今天高兴,才偶尔有一点峥嵘,喝到高兴处就变得十分可爱,邀我们明年一定要去她的家乡"扶蓝"(湖南)。我们也乐得跟着她说:我们一定跟你去扶蓝,一定去扶蓝。雪漠坐在我对面,带着兴奋的大胡子和喝得粉嘟嘟的脸,一个劲儿给他自己和我的杯里斟酒,一边说:"俄(我)海(还)是透(头)一次跟序坑(徐坤)褐(喝)酒,井(今)天褐得高兴!来,来,序坑,褐!"被叫作"序坑"的那个也很开心,跟着喝了不少啤酒。

我们这边才说着话喝到兴起处,那边的巴音博罗站起来,出去,又进来,掏出钱包非要到柜台前去买单。于卓过去拦住他,劝了老半天,也没劝明白过来。好不容易拉回来重新坐下,他就又继续跟阿芬开始说"幸会幸会"。酒过七巡,菜过五味,巴音又起来,晃晃悠悠往外走去。一看那架势不行,于卓和吴玄赶紧去扶他,先送他回去。剩下的人一看,也没兴致喝下去了,于是就撤。

几个人相跟着,一出门,冷风扑面。夜已经很深了,行人寥寥,北风清爽。一步一歪的,觉得这天庭分外寥廓,大地无比芳香。天地之间,兴起处,雪漠放开喉咙,一嗓子就吼起了"花儿":

> 走来走来者越远地远哈了,
> 眼泪花儿飘满了,
> 眼泪花儿把心淹了。
> 走来走来者越远地远哈了,
> 褡裢里的锅盔轻哈了,
> 心里的愁肠重哈了,

那不是城市里的十里堡红灯小街能够包容得了的声音。那也不是一个浊者的心灵能够到达的所在。思念的,感恩的,空旷的,忧伤的,似是天籁,在所有在世者的心田里共

鸣,萦响:

> 走来走来者越远地远哈了,
> 眼泪花儿飘满了,
> 眼泪花儿把心淹了。

整个十里堡街道,霎时间,月光大地,寂寥,空旷……

还没听过瘾,就已经唱到了门口。小保安给开门。这些日子以来,他跟我们都已经关系不错,回来晚点什么的都很通融。进了院子,望见楼上点点灯光,忽觉那是俗世的,极其羁绊,不愿上去。借着酒兴,我说雪漠再唱一个吧。于是就驻足,站在院子当央,放开嗓子,百转千回,婉转动情:

> 走来走来者越远地远哈了,
> 眼泪花儿飘满了,
> 眼泪花儿把心淹了。
> 走来走来者越远地远哈了,
> 褡裢里的锅盔轻哈了,
> 心里的愁肠重哈了,
> 眼泪花儿把心淹了。
> 哎嘿哎嘿哟,

眼泪花儿把心淹了。

万籁俱寂的夜。歌一出口,悠远,苍茫。不知今夕何夕,身置何处。

正忘情地沉醉,猛一嗓子:"你们干什么你们?!都几点了还唱?!"

我们一惊,抬头一望,只见班主任高深老师身着睡衣,横眉立目,出现在楼门口处。雪漠止住歌声,我、阿芬我们几个灰溜溜地从老头儿身边挤进门去,一声不吭,溜回屋里。

酒喝得到位,觉也睡得香。第二天醒来,神清气爽,早把昨晚的事忘后脑勺去了,没事一样下楼吃饭。一出楼门,却见雪漠已经跟着班主任老师,从小树林那里边踱步回来。两人表情严肃,显然曾有过重要交谈。一般来说,若非有事,不会有谁这么早就跟班主任老师并肩踱步的。猛记起昨晚还有那么一档子唱歌之事,转眼再去瞧他们表情,见雪漠脸色浅粉,班主任表情平淡,越看越像是前者已经向后者承认错误,并得到谅解了。转念一想,识时务者为俊杰,别等着人上来问,主动前去承认错误吧!

于是走到班主任跟前(雪漠就势回避,闪开),说:高老师,昨天晚上,那歌儿是我鼓动雪漠唱的。

高老师说：我一想就是你！雪漠那么老实的人，怎么能做出这种事情？

我说：昨天喝了点酒，加之半夜唱歌的效果特别的好，所以就忍不住。

老爷子说：唱歌效果好你们怎么不到华堂门口去唱？

我说：是，华堂门口过街天桥上音响效果是好……

老爷子眼一瞪，说：你还狡辩！你以为我不知道你一来就喝酒喝醉了？还假装告诉我是感冒发烧……

我一听，嘿！这老爷子！不愧是老江湖啊！世事洞明，含而不露。一直给我留着面子呢。

得，还说什么说呢？数罪并罚，赶紧告饶吧！

于是低声下气请求道：高老师您能不能不说出去？我私下给您写个检讨书得了。

老头儿眉毛一耸：你呀，也甭给我写什么检讨，你就赶紧把你那代表作签上名送给我一本。

我一听，除了服气，还能说什么呢？

乖乖地给老爷子去送书。算是明白了什么叫人情练达，不怒而威。

到了一月份，临近毕业最忙乱那会儿，和几个同学从《小说选刊》发奖会上回来，在楼梯上正好碰见班主任老爷子，只见他步履缓慢，手背上贴着粘膏。问怎么了，说是感冒发烧，刚去医院打完点滴回来。忙问说您自己去？没人陪，能行吗？有什么事就赶紧招呼我们一声。老爷子说行，不打紧的。六十多岁的人，如此坚强，不给别人添麻烦，令人起敬。赶紧在小组长于卓同志带领下，出去买来鲜花水果，一起登门探望。老爷子正倚床休息，一见我手捧鲜花，第一句就问：你是还我花来了？

这老爷子！到底是什么事都经过。脑子清醒，够用。

坐下闲谈。得他馈赠我们每人一本随笔集《高深杂文随笔选》，江苏文艺出版社2000年版。当中高深自说经历："11岁参军，22岁当右派，25岁发配大西北，43岁改正，以后又在文联报社等单位当过一把手。"书前有梁衡《序》说："高深，回族，63岁……11岁当兵，随父入东北民主联军回民支队，新中国成立后转业工厂，好文艺，22岁被划成右派，由东北而宁夏。而他被打成右派，就是因为在报上发表了六首讽刺诗，讽刺官僚主义。就栽在一有才，二爱说话上。在宁夏，历年从事文艺期刊、报纸工作，晚年思乡，再回东北，任县委书记，现再返报社任总编。"老爷子的性情由此可见一斑。先前在校史展览中就见过他的诗集，平反之后的文章也是秉笔直书，非常有风骨，是个值得尊敬的前辈。别的不说，单说管理这个班，上下关系以及师生关系就颇为不好答待，很辛苦，有时还要费力不讨好。他却能处理得很得当，无为而治，又让人服气，颇为不易。找他来当这个班主任是找对人了。

十四

最后还是得说一说吃饭。鲁院的生活是从吃饭始，又以吃饭作结。(当然，这并不说明我们这些人是吃货，只能说明是时代风潮改变，吃饭已经不单纯为进食，而是纳入学习内容来计算。)鲁院周围的饭店，稍微有点姿色的，差不多都去过：团结湖烤鸭、鹭鸶本邦菜馆、万家灯火酒楼、赛汉塔拉蒙古菜、福华肥牛城、傻儿火锅店……这些都成了我们待客和互请的主店。最甚的就要数福华肥牛，冬天一到，天气一冷，去的次数就多了起来，每天都有我们的人去那儿报到，几乎人手一个贵宾卡。到后来就发展到VIP卡根本用不着掏，谈歌、于卓、王松、荆永鸣等等他们的脸就是贵宾卡，一进门老板就出来笑脸相迎，给安排落座以后还要亲自敬个酒，赠送两个小菜。每逢来人请客，我们也容易往那儿领，因为从地理条件上说，它是最近的一个店，步行可以到达。

几个月来，在京的各编辑部、相关的文艺出版社，几乎都来请客请遍了。有的还请了好几次。像《人民文学》《小说选刊》《十月》《当代》《青年文学》《北京文学》和作家出版社……这些单位因为年轻人多,有朋友在,跟鲁院的来往自然就多。我们学习的时间有多长,他们从头到尾请客的时间就请了有多长。若超过一两个星期没人来请一次的话,我们就会大言不惭,撒娇作痴,打电话骚扰,向这些熟悉的老朋友提出抽空"见个面"的申请。一般来说都能得到满足。而《青年文学》的李师东老师属于另外一种情况。李老师是在京的编辑老师中来看望我们来得最迟的一个。别的老师早已看望过我们无数遍了,李老却一直以忙为理由,或者是"认识的人太多、不知该看谁不看谁"为借口,足足一直拖到十一月底才敢在院子里露面。我们背地里一合计,可也是啊,《青年文学》作为青年人的文学来说,有多少人跟它青梅竹马、两小无猜,号称曾经把宝贵的处女作献给了它啊!李老师能说来就轻易来吗?

所以,那天,十一月底的小北风撩人的那天,李老师就轰轰烈烈地来了,来得非常非常隆重,不仅他自己来,同来的还有王干、高伟、唐韵几位。年轻的朋友来相会,青梅竹马们要喝醉。消息一出,就见人们呜呜攘攘纷纷前来看望,把楼上他们落座的几个屋子全占满了,分小组轮流接见,仍是周转不开。没有办法，只好去福华肥牛罢！那里的场地比较大。

那天去的人可真齐全，素常的一个大屋都没坐得下，另开了一桌酒席在隔壁屋子。李老师讲话，也是讲得跟以前风格大不一样，是领导的公文讲话方式，微醺情况下，方寸不乱，可劲儿的表扬和自我表扬，盛赞《青年文学》杂志的改版和中青社做的新书订数高内容好。同学们听得干瞪眼儿，敬酒的敬酒，献歌的献歌。酒过三巡，菜过五味，吃饱喝足，该送客了。可是李老师就是不走啊！说着说着再见告别，却一不小心，又跟我们走回了鲁院，在门厅里再一次握手话别，动作循环往复以至无穷。最后是被哪个两小无猜的硬给往外搀，连推带抱给塞进出租车，将李老师安置在后边自动上锁儿童座，怀里还抱上一个卡通长毛绒纸老虎玩具；前座上，则塞进一大盆绿油油的发财树、一大捧百合和康乃馨玫瑰鲜花。估计他到家时，这些东西命运都够悲惨，指不定都留在身后孝敬下一位乘客谁了呢！

吃啊，吃啊，转眼就吃来了新的一年。我们的学习也进入了尾声。2003年的春节来得早，一月底就已经是年三十。同学们盼着能早点放假结束。其实最好是能在新年前就结束，时间比较理想。因为一旦赶上跟北京成千上百万的大专院校学生、民工、盲流挤在一起赶火车回家过年,那情景,不是闹着玩的。但是学院里还是坚持一直学习到一月中旬才毕业。校方为大家订票时果然遇到困难。不知鲁院以后再办班,能不能调整一下时间表。

一进入新年,众人的心就散了,没有心思学习,大家都在忙着告别,收拾东西,往回寄书、寄衣服,以便挤车时轻装前进,手脚利落。我们这边都在忙乎着准备毕业,那边,却不期然新的一轮宴请风潮开始了!原来,每年的一月份,全国都有大型图书订货会,冬季里的这一次固定是在北京召开。全国几乎所有的书商、出版社、杂志社都到齐参展。这下可好,来了以后,正事还没办完,又听说鲁院有这么一个班,旁边打听一下,嚯!好哇!全国能写字的青壮劳力都集中在这儿呢!

立刻就疯狂地找人。有时事先连电话都不打一个,也不跟人预约,打个车就扑来。来了就挨屋乱打电话,乱敲门。逮着一个算一个。请客,骚扰。

这下可就要了人命!一拨一拨又一拨,请吃饭、要见面,没完没了,互相撞车。任是谁人也吃不消。不去又会得罪人。于是就开始躲。先是拔掉电话,再扯掉门上名签,全没用。只要还在学院里待着,猫到哪里最后都能被人给翻出来。不在学校待着又不可以，临近毕业，要随时待命，说不准要办理些什么手续。

在那些个寒冷的冬季的深夜，吃完宴请，疲倦已极、昏头涨脑地回来，一边脚步蹒跚，一边问着身旁的阿芬道：阿芬，你说，咱们要是连续这么吃下去，会不会变得痴呆？

阿芬给了我肯定的回答。

为了延迟那一天的到来，我们不敢立即回屋休息，而是在院子里的雪地上来来回回长久地踱步，以期耗散热量和体力。

我们哪里知道，这竟是2003年北京餐饮业最后的繁荣！春天到来以后，一场史无前例的"非典"开始肆虐。旅游和餐饮业最先开始萧条。我们抢在"非典"前边结束了鲁院的学习生涯。

最后一顿饭在赛汉塔拉（应该是在1月17号晚上），那是在最后离校前我们几个朋友给孙惠芬饯别。在座的有曾哲、葛均义、于卓。几个人安安静静边喝着浓香的奶茶，边听着蒙古族歌曲悠扬的旋律，心里充满了话别的眷恋。

四个月的鲁院生活一转眼就结束了。人们各有所获。有人收获了爱情——比如说在毕业典礼上，柳建伟替杨海蒂同学从金炳华书记手里接过了结业证书。还有一对同学也公布了他们的爱情；有人收获了心情——比方说被那许多出版社杂志社请着、被影视公司围着转找着的，等到走出鲁院时，都牛皮哄哄的有了虚假繁荣下的自豪感；也有人收获了路——比方说我，四个月的时间里，跑熟了从北京以北，到通州、到京津唐、到五环六环七环八环（有戏言说北京的十环能把纽约也环进来）的路，克服了对独自上路的恐惧感。有了十里堡这么破的路垫底儿，以后再走什么样的路也不怕了。

　　送别了阿芬，从北京站里出来。一月的大街，异常冷峭、宁静。寒冬夜行人，带着满车幸福的家当：同学们的馈赠的书、一直随身带着的两盆杜鹃花和散尾葵，一把从家里带去坐习惯了的木头椅子，一大堆深藏在心间的同学情谊……朝着北京以北的方向，往北，再往北，朝着一个温暖而明亮的地方，平静而愉快地驶去。

2003 年 7 月 10 日于北京以北

本色文丛·名家散文随笔系列（柳鸣九主编）

第一辑

《奇异的音乐》	屠　岸/著
《子在川上》	柳鸣九/著
《往事新编》	许渊冲/著
《飞光暗度》	高　莽/著
《岁月几缕丝》	刘再复/著
《榆斋闲音》	张　玲/著
《信步闲庭》	叶廷芳/著
《长河流月去无声》	蓝英年/著

第二辑

《母亲的针线活》	何西来/著
《青灯有味忆儿时》	王春瑜/著
《神圣的沉静》	刘心武/著
《坐看云起时》	邵燕祥/著
《花之语》	肖复兴/著
《花朝月夕》	谢　冕/著
《纸上风雅》	李国文/著
《无用是本心》	潘向黎/著

第三辑

《散文季节》	赵　园/著
《美色有翅》	卞毓方/著
《行色》	龚　静/著
《秦淮河里的船》	施康强/著
《春天的残酷》	谢大光/著
《风景已远去》	李　辉/著
《好女人是一所学校》	梁晓声/著
《山野·命运·人生》	乐黛云/著

第四辑

《一片二片三四片》	钟叔河/著
《哲思边缘》	叶秀山/著
《心自闲室文录》	止　庵/著
《四面八方》	韩少功/著
《遥远的，不回头的》	边　芹/著
《向书而在》	陈众议/著
《蛇仙驾到》	徐　坤/著
《春深更著花》	江胜信/著